愚者のスプーンは曲がる

桐山徹也

宝島社
文庫

宝島社

目次
contens

第一章
サイキック日和 *—THE FOOL—*
6

第二章
カエルは茹でられた *—THE MAGICIAN—*
66

第三章
東京怪奇 *—THE HERMIT—*
143

第四章
ユリゲる世界 *—THE MOON—*
222

第五章
愚者の楽園 *—THE WORLD—*
285

解説　北原尚彦
325

愚者のスプーンは曲がる

第一章　サイキック日和　―*THE FOOL*―

1

春の土はまだ固かった。

スコップの先が地面に当たるたび、乾いた音が闇に響いた。

世の中にはつくづく運のないやつがいる。それはホームへ走ったら電車のドアが目の前で閉まったとか、傘を買ったら雨が止んだみたいな日常の小さな不運が「たまに」起きるといったレベルのものではない。

大事な日に乗った電車はいつだって止まり、旅行や遠足の前にはいつだって高熱を出し、道に落ちている猫や犬のフンはいつだって踏む。

それがぼくだ。

何かの呪いではないかと思うほど、とにかく子供のころからツイてない。車やバイクだけじゃなく、自転車にもしょっちゅう轢《ひ》かれた。道に飛び出した犬を助け、その犬に噛《か》まれたこともある。傘はたいてい盗まれるし、スポーツをやればけがをする。

いままで隕石《いんせき》に当たらなかったのが、かえって不思議なくらいだ。

当然、去年の大学受験はすべて落ちた。四つ受けたうちの三つは、試験会場にすら行けなかった。

それが今年合格できたのは、まさに奇跡だった。しかも憧れの東京で一人暮らし。ようやく運が向いてきたと思っていたところへ、これまでのものとは比べものにならないほどのビッグウェーブがやってきた。

ぼくはいまどこかも分からない山奥で、頭のおかしい二人組に見張られながら穴を掘っている。数分後には殺されて、この穴に埋められるのだろう。映画やドラマでよく見るあれだ。

寒空の下、スウェットの上下にサンダルで、泣きながら自分が入るための穴を掘ることになるなんて夢にも思わなかった。しかもその理由すら分からない。

鼻水と額の汗を袖でぬぐいながら夜空を見上げると、木々の隙間から丸い月が見下ろしていた。

「もういいわ」

手を止めて振り返り、懐中電灯の光に手をかざす。

銃口が向いていた。

「お願いします、殺さないで……」

三時間ほど前、まだ荷解《にほど》きも済んでいない部屋でテレビを見ていたとき、ドアが軽くノックされた。

「宅配便でーす」

という低い声が聞こえ、積み上げられた荷物の中から慌てて印鑑を探してドアへ向かった。

昼間はどの家も鍵をかけず、開いたままにすらなっているような田舎町で育ったぼくには、東京で一人暮らしをするうえでの警戒心というものが足りていなかった。おそらく母親が荷物を送ってきたのだろうと思い、外を確かめることもせずあっさりとドアを開けた。

ドアの前にはよれた白いシャツに黒っぽいスーツを着た、背の高い三十前後の男が立っていた。やけに目つきが悪く、短髪で細いあごに無精ひげがあり、眉間には深いしわが寄っていた。

東京はスーツで配達するなんて大変だなあ、などと思っていると、ドアがさらに開いた。隣には赤いハーフコートを着た女性が立っていた。

二十代半ばくらいだろうか。ほっそりとして色が白く、整った小さい顔に艶のある柔らかそうな長い髪がかかっている。少しつり上がった猫のような大きい目は、どこか物憂げだった。

東京はキレイな人が配達してくれるんだなあ、などと感心していたとき、赤いコートのポケットから出たしなやかな手がまっすぐ額に向けられた。

印鑑を手にして呆然《ぼうぜん》と突っ立ったまま、ぼくは握られている黒いものに目を寄せた。しばらくの間があり、ようやく脳がそれを判別する。

拳銃だ。

ぼくは腰が抜けたように、その場にぺたんとへたり込んだ。

銃口が追ってくる。その向こうには女の冷たい視線。

わけが分からず、ひっくり返った亀のように手足をばたつかせながら部屋の中へ這《は》って逃げると、女はこげ茶色のブーツを履いたまま銃を向けて入ってきた。その背後でスーツの男がドアに鍵をかけ、ゆっくりと靴を脱ぎ始めていた。

奥の壁に頭をぶつけ、いよいよ逃げ場がなくなり震えながら小さく両手を上げる。

「ちょっと待って！　違います、違います！」

何が違うのか自分でも分からなかったが、他に言うことも思いつかずとにかく必死になって否定した。

狭い部屋の隅で丸くなっていると、女はようやく靴を脱ぎ終えて入ってきたスーツの男に怪訝《けげん》な顔を向けた。

「本当にこいつなの」

女は銃を構えたまま言った。

「ああ、間違いない」

男はこめかみを指で揉《も》みながら、大きく息を吐いた。

「いい気分だ」

きっと変なクスリでもやっているに違いない。

「本当に大丈夫なんでしょうね」

何も答えずに、男は押入れや冷蔵庫を開けては覗《のぞ》いている。

「聞いてるの?」

「そんなに信じられないならやってみろよ」

「やってからじゃ遅いのよ」

女が横目で男を睨《にら》む。

男は頭をかき、背の低い冷蔵庫の扉を足で閉めると、面倒くさそうな顔でシンクの前に立った。

「しょうがねえな」

男は飲みかけのジュースを流しに捨て、そのコップに半分ほど水を入れると、それを持ってこちらにやってきた。

「ほら」

部屋の中央にある小さいテーブルにコップを置き、男があごで示す。

女は小さくため息をついた。

「何でわたしたちが、わざわざこんなことしなきゃならないの」

「さあな」

男は気のない返事をして、また狭い部屋の中をうろつき始めた。女は銃を向けたままテーブルの前に腰を下ろし、男に冷たい視線を向けたあと、そのコップをじっと見つめ出した。

異様な光景のなか、沈黙が続いた。ぼくは何が起こるのかびくびくしながらその様子を眺めていた。

しばらく経《た》ち、女がようやく目を上げる。女はそっとコップに手を伸ばしてその中に細い指を入れた。

すると、いままでずっと無表情だったキレイな顔が驚きに変わった。

「……水だわ」

「だろ」

当たり前だ。やっぱり、変なクスリでもやっているに違いない。

「なら、死んでもらうしかないわね」

女が立ち上がる。何の「なら」なのか見当もつかないまま、あげた両手で頭を抱えながらさらに小さく丸まった。

「まあ待てよ」

男がテーブルの上にあった財布を手に取り、目の前にしゃがみ込んだ。

「町田瞬《まちだしゅん》か」

そう言って中から抜き取った保険証を眺める。

「あの、お金なら差し上げますから」

うわずった声で言うと、男は苦笑しながら財布の中身を向けた。

「入ってないな」

こんなときでもツイてない。

「なあ、コーヒーあるか？」

保険証を財布に戻しながら、男がシンクへ向かう。ぼくは上げたままの手で隅にある戸棚を指さした。

コーヒーという言葉を聞いて、女の細い眉が一瞬ピクッと動いた。

「何のつもり？」

女が冷淡な視線を向ける。

男はやかんを火にかけ、戸棚から出したインスタントコーヒーをカップの中に振り入れた。

「こんな機会、もう二度とねえぞ」

沸いた湯を注ぎ、その辺にあった箸《はし》でかき混ぜながら戻ってくると、男はそれをテーブルに置いた。

女は黙ったまま、こわばった顔でじっとそのコーヒーを見つめていた。

何が起きているか、さっぱり分からない。この奇妙なやり取りにぼくはただ怯《おび》えるしかなかった。

やがて女は深く息を吐いたあと、テーブルにゴトッと銃を置いた。ぼくはその黒い銃を凝視した。

……本物だろうか。たとえ偽物だとしても、もちろん抵抗などできない。どう考えてもこの二人はまともじゃない。銃で撃たれたほうがまだましだと思うような、とんでもないことをされるかもしれない。

女はポケットから出したプラスチックの紐みたいなもので手際よくぼくの手足を縛り上げ、またコーヒーの前に腰を下ろした。

カップを凝視する目が険しくなる。

「大丈夫だよ、飲んでみろって」

「うるさい、黙ってて」

男は肩をすくめた。

女はようやくカップを手に取ると、長い髪を耳にかけ、ためらいながらゆっくりとそれを顔の前に近づけた。

かすかに手が震えている。

やがて怯えたような表情でカップに口をつけ、ぎゅっと目を閉じながらほんの一口だけコーヒーを啜《すす》った。

隣にいた男が顔を覗き込む。女は目を閉じたまま、それをじっくりと味わうように口の中で転がしていた。

「どうだ」

男はポケットから出したタバコに火をつけた。女はゆっくりとそれを飲み込み、ほっと息をついた。

女はうっすらと涙さえ浮かべながら熱いコーヒーを啜り続け、ぼくは手足を縛られたまま呆然とそれを眺め続けた。砂糖もミルクも入っていない安いインスタントコーヒーにこれだけ感動する人を、ぼくは初めて見た。

コーヒーをすべて飲み終えると、女は両手でカップを握りしめたまま満足そうにもう一度大きく息をついた。

「やめる気になったか」

　ゴミ箱にあった空き缶を拾い上げ、タバコをもみ消しながら男が言う。女はカップを置いて立ち上がると、手に取った銃をまたこちらに向けてきた。

「むしろこれで本当に生かしておくわけにはいかなくなったわ」

　こうなると、もうまったく意味が分からない。ぼくは銃口から逃れようと必死に身をよじった。

　男がうんざりした様子であいだに立つ。

「とにかく、こんなところでそんなもん使うわけにはいかねえぞ」

　女は忌々《いまいま》しそうに男を睨むと、舌打ちしながらしゃがみ込んだ。

「なら別の場所でやるわ」

「おいマキ、もういいだろ。そいつを殺したら……」

「しつこいわよ」

　女はそれをさえぎり、ポケットから出したバタフライナイフを片手で器用に開いて足の紐を切った。ぼくは腕をつかまれ、強引に立たされた。

「待ってください！　何もしてません。本当です、本当に何もしてません！」

　女は気にもとめず、ぼくを部屋の外へ引っ張って行く。男は苦い顔で頭をかきながら、そのあとをのろのろとついてきた。

　アパートの前の狭い路地に黒い車が止まっていた。ぼくは両手を縛られたまま後部座席に押し込められた。

「騒いだらここで殺すわよ」

女は淡々とそう言って、じたばたするぼくに黒い布袋を被せた。視界がふさがれ、恐怖が増した。涙があふれ、鼻水もあふれた。

「助けてください、……お願いします」

息苦しい袋の中で、顔をぐしゃぐしゃにしながら懇願した。

「あーあ」

助手席のドアが重い音を立てて閉まり、男が哀れむようにため息をつくのが聞こえた。股間の辺りが少し湿っている。どうやら失禁したようだったが、そんなことはもうどうでもよかった。

「お願いです、殺さないでください」

額に硬いものがぐりぐりと押しつけられた。すぐにそれが拳銃だと分かり、また必死に身をよじった。

「黙ってて」

運転席のほうから女の声が聞こえた。

エンジンがかかり、車がゆっくりと走り出す。ぼくはどうすることもできず、少しずつスピードが上がっていく車に揺られながら、袋の中でただ泣き続けた。

2

そして山奥へ連れて行かれ、穴を掘らされ、銃口がいま、ぼくに向けられている。

きっと死体はしばらく見つからないだろう。もしかしたらきのこ狩りにでも来たおじさんが、ほとんど骨だけになったぼくを掘り出してびっくりするかもしれない。そう思うと、また涙があふれてきた。

「おい、本当にやる気か」

少し離れた場所からつまらなそうに見ていたスーツの男が、ポケットに手を突っ込んだまま近づいてくる。

「仕方ないでしょ、命令だから」

「いいのか、それで」

「何が言いたいの」

「もったいねえよなあ、殺すのは」

何かを思いついたように男がはっと顔を上げる。

「なあ、俺たちでこっそりこいつを飼うってのはどうだ」

「村井《むらい》さんに見つかったらどうなるか分からないわよ」

女が冷静に答えると、男は顔を引きつらせた。

「分かったよ」

わざとらしくため息をつきながら、男はタバコに火をつけた。

「好きにしろ。せっかくいい気分だったのに」

暗い空に向かって、男は細く煙を吐き出した。

「しょうがねえからラーメンでも食って寝るかな」

そう言って歩き出したとき、女の顔色が変わった。

「汚いわよ、キイチ」

女は歩いて行く男に懐中電灯を向けて睨んだ。

「俺が何食おうと勝手だろ」

男が立ち止まる。

「そういう問題じゃないでしょ」

「じゃあ何だよ」

女は言葉に詰まった様子で、苛立《いらだ》った顔をただ男に向けていた。

「なら、お前らも行くか？　こう寒いと、熱いラーメンはうまいぞ」

意味ありげな笑みを浮かべながら男が言うと、女は舌打ちし、やがてゆっくりと銃を下ろした。

「どうなっても知らないわよ」

そう言ってぼくの手から乱暴にスコップを取り上げ、女が歩き出す。

「これはあなたがやったことよ。わたしはまったく関係ないから」

「ああ。分かってるよ」

「もしバレても……」

女が思い出したように振り返った。

「早く来なさい」

呆然と突っ立っているぼくに冷たい声が飛ぶ。

「は、はい」

よく分からないが、とりあえずは殺されずに済んだのかもしれない。ぼくは大急ぎで二人のあとを追った。

林を抜け車のある場所まで歩いて行くと、今度は布袋なしで後部座席に乗せられた。高速道路を百キロ以上で飛ばし続け、一時間ほど経ったころにはもうアパートの近くまで来ていた。

「どこまで行く気だよ」

退屈した様子で、男は山になった灰皿にタバコを押し込んだ。女は何も答えず、道の先を凝視していた。

やがて車は大通りから少し外れた路地にある、『喜楽《きらく》』という看板のかかったラーメン屋の前で止まった。

「マジかよ。他にもっとあるだろ」

男がいかにも古そうな小さい店を見ながら眉を寄せる。

女はエンジンを止めて車を降りると、何も言わず『中華そば』と書かれている色あせた赤い暖簾《のれん》をくぐり、さっさと店の中に入って行った。

「いらっしゃい」

カウンターに座ってテレビを見ていたエプロン姿のおばちゃんが立ち上がる。厨房では店主が椅子に座って新聞を読んでいた。ぼくは男に背中を押されながら、客のいない店の中へ促された。

一番奥にあるテーブル席の隅に座らされる。隣に男が座り、正面に女が座った。絶対に逃がさないつもりだ。

「タンメンと餃子《ギョーザ》。あとビールね」

男が言う。

「わたしはラーメン。熱いのを」

「うちには温《ぬる》いラーメンなんかないよ。で、お兄ちゃんは？」

おばちゃんが笑顔で尋ねる。ぼくは慌てて壁にある手書きのメニューを眺めた。

「じゃあ、ラーメンで」

　さっきまで殺されそうになっていたのに食欲なんてあるはずがない。厨房ではもう、ジャッと油のはねる音がしていた。

　男がタバコに火をつけ、カウンターにあったアルミの灰皿に手を伸ばす。女は険しい目でずっと厨房を見つめていた。妙な沈黙が続くなか、中華鍋が振られる軽快な音だけが店内に響いていた。

　油で炒《いた》めた野菜と、煮込んだスープのいい匂いが漂い始めた。ぼくはちらちらと目を上げ、二人の様子をうかがった。

　このまま無事に帰れるのだろうか。

　二人ともいまはおとなしいが、さっきまでの様子から見て頭がおかしいことは間違いない。突然狂ったように奇声を上げながら、店内で銃を乱射することだって十分にありえる。

「……あの、ぼくが何をしたんでしょうか」

　なるべく二人を刺激しないように尋ねてみる。

　男はタバコをふかし、じっと考え込んでいた。女は厨房に気をとられ、まるで聞いていない様子だった。

　また妙な沈黙。

餃子とビールが運ばれてくると、男は小皿にほんの少しだけ酢を入れて醬油《しょうゆ》をたらし、そこにたっぷりとラー油を注いだ。ほぼラー油だ。

タバコを吸いながらラー油餃子でビールを飲んでいた男が、ようやく「なあ」と声を発した。

「お前、幽霊やＵＦＯや超能力って信じるか？」

……何だそれ。「はい」でも「いいえ」でも、「じゃあ死ね」と言われて撃ち殺されたりするんじゃないだろうか。とりあえず、

「いいえ、そういうのは……」

と自分でも分かるほど引きつった笑顔で言った。

「そうか、俺も幽霊やＵＦＯは信じてねえ」

男はふっと煙を吐き、灰皿でタバコをもみ消した。

ぼくはほっとしながら、

「ですよね」

とうなずいた。もし信じますなんて言ったら、いまごろ蜂の巣にされていたかもしれない。そう思いながらコップの水をちびちびと飲んでいると、

「でもな、残念ながら超能力はある」

と男が口の端で笑った。

「え？」

男はじっとぼくを見つめた。

「俺たちは超能力者だ」

ぽかんとしているところへ、おばちゃんがどんぶりを持ってやって来た。

「おまちどおさま」

ぼくは直感した。間違いない、この人たちは本物だ。……本物の狂人だ。

へたに否定して地雷を踏みでもしたら、きっと店主もおばちゃんも皆殺しだ。「ひゃっほう」と言って店を飛び出し、車に乗り込んで歩道にいる人たちを競うように次々と撃ち殺していくだろう。パトカーが何十台も大破するようなカーチェイスを繰り広げたあと、笑いながらガードレールへ突っ込んでいくだろう。

「……なるほど」

ぼくは神妙な顔でうなずいた。

女は髪を後ろに束ねると、レンゲでスープをすくいゆっくりと口に入れた。そして油っぽい天井を遠い目で見上げながらほっと息をついたあと、堰を切ったように勢いよく麺を啜り始めた。

「俺は手を触れずに物を動かせる。そいつは液体の温度を上げることができる」

「……なるほど」

まだ続くのか。怖いからもういいのに。

「便利なのはいいが、これには問題がある」

男はビールのコップを手にしたまま、淡々と話し続けた。

「能力には必ず代償がついてくる。例えば俺は、頭痛が治まらない。薬を飲もうが何をしようが、一年中頭が痛え」

男は恨めしそうな目でぼくと女を交互に見た。

「どこも痛くないってことがどんなに幸せか、お前らには分からないだろうな」

もしかして、もう酔っ払っているのだろうか。

「で、そいつは熱いものを口にできない」

そう言って女をあごで示す。

「……なるほど」

ぼくは熱いラーメンを夢中で啜り続けている女をまったく視界に入れないようにしてうなずいた。

「周りや本人が気づかないだけで、世の中には能力を持ったやつが何人もいる。そういうやつはみんな、何かしらの代償も持ってるんだ」

男はようやくタンメンを食べ始めた。

これは話が終わったということでいいのだろうか。ぼくが何をしたかって質問の答えにはまったくなっていなかったが、頭のおかしい人との会話というのはたいていこんなものだろう。あとはこのラーメンをさっさと食べて帰るだけだと思っていたとき、男がじっと目を向けてきた。

「そこで、お前だ」

……まだ終わりじゃないのか。今度は何だ。

「簡単に言えば、お前も超能力者だ」

「は？」

女が様子をうかがうように一瞬だけ顔を上げた。そして小さく鼻で笑ったあと、またすぐラーメンに戻った。

もしかして、ここは笑うところだろうか？　慌てて笑顔を作ろうとしたとき、

「言ったろ、本人も気づいてないやつがいるって」

と男が真顔で言った。あぶない、笑うところじゃなかったみたいだ。それにしても、話がいやな方向へ進んでいる気がする。

「お前の存在はかなり危険だと判断された。で、俺たちはお前を殺すように命令されたってわけだ」

男が麺を啜りながら言う。

「でも殺すのはやめた。お前はそう悪いやつでもなさそうだ」

「……はあ」

「それに俺はいま、まったく頭痛がしねえ。そいつも夢にまで見た熱いラーメンを食べることができた」

女は両手でどんぶりを持ち、のどを鳴らしながらスープを飲んでいた。

「普段こんなもの少しでも食ったら、口の中がただれて一週間はまともに喋《しゃべ》れなくなるからな」

「あの……、ぼくは何なんでしょう」

おそるおそる声をかけると、男はゆっくりと顔を上げた。

「お前が持ってるのは、相手の能力も代償も消す力だ」

長い沈黙。

脳がまったく話についていってない。何だそれ。必死に考えようとするが、頭が混乱して何も浮かんでこない。

「村井さんには何て説明するつもり？」

女がどんぶりを置く。

「身元不明の遺体からこっそり指でも借りてくるか」

男はあっさりと言った。

「それを見せて山奥に埋めたとか言っておけばいいさ。どうせバレやしねえだろ」

「わたしは知らないわよ」

この人たちは一体ぼくをどうするつもりなんだ。これは何かの勧誘か？　それとも新しい詐欺の手口か？

「瞬、だったよな。食えよ、伸びちまうぞ」

男が言う。

「俺はキイチで、そっちはマキだ。よろしくな」

「……はあ」

味も分からず、伸び始めたラーメンをズルズルと啜りながら思った。

絶対に嘘《うそ》だ。ぼくはだまされてる。

3

昼近くなって目を覚まし、一瞬昨日のことは夢だったのかもと思ったが、足が土で汚れていた。くたくたになって帰り、着替える気すら起きずそのままベッドに倒れ込んだのだ。しかしぐっすりと眠ったおかげで、だいぶ冷静に考えられるようになった。

もしかしてぼくはからかわれていたのかもしれない。

あの拳銃だっておそらく偽物だろう。東京に出てきたばかりの無垢《むく》な青年を狙った悪質ないたずらだ。

きっといまごろ、「昨日のやつはおもしろかったわね」「ああ、今日はどいつにするか」と笑いながら相談しているに違いない。そもそも『能力』だの『代償』だの、いまどき小学生でも信じない。

そんなことを考えながらベッドから出たとき、ピンポーンと呼鈴が鳴った。

「おーい、瞬」

昨日の男の声がする。たしかキイチさんだ。ぼくは音を立てないように中腰のままじっと固まった。

「いるのは分かってるんだぞ、さっさと開けろー」

このまま居留守を使おうかと思ったが、呼鈴を壊れそうなほど連打し始めたので仕方なくドアを開けた。

キイチさんは得意そうに、

「俺にはお前がいるかどうか、すぐに分かるんだ」

と自分の頭を指さして言った。

「まだ寝てたのかよ、もう昼だぞ」

誰のせいだと思ってるんだ。

「なあ、飯でも食いに行こうぜ」

「いや、ぼくはまだあまりお腹空いてないし、何だかすごくめまいがするようなしないような……」

「いいから行くぞ」

そのままの格好で連れ出されそうになり、慌ててドアにしがみつく。

「分かりましたから、ちょっと待ってください。着替えてきます」

キイチさんはスウェットの上下を眺めた。

「それでいいよ」

ぜんぜんよくない。もう乾いてはいるが昨日これで失禁したのだ。

「とにかく着替えてきます」

そう言ってぼくは急いで部屋の中に引っ込んだ。……最悪だ。おかしな人に付きまとわれてしまった。あれだけで終わりじゃなかったのか。

ぼくはこれからどうなるんだ。どこかの事務所に連れて行かれ何百万もする壺《つぼ》を売りつけられたり、「俺たち超能力者は選ばれた人間だ」とか言われておかしな会合に参加させられたり、妙な漁船に無理やり乗せられたり……。

恐ろしい想像が頭の中をぐるぐると回り始めたとき、

「おーい、まだ？」

という声がしたので、慌ててジーパンとパーカーに着替えて外に出た。

「どんだけ着替えに時間かかってんだよ。お前は女子か」

「……すみません」

外は暖かく、穏やかな天気だった。しかし心は分厚い雲で覆われていた。

細い路地を抜け、日出通りという道に出る。名前はのどかなアーケード商店街のようだが、片側二車線のかなり大きな道路だ。夜ともなると高速道路のように、タクシーやトラックが唸《うな》りを上げている。

並んだ街路樹のすぐ上を首都高が走り、横にはサンシャイン60が間近にそびえ、長くまっすぐに延びた道の突き当たりには西武《せいぶ》デパートの青い看板が小さく見える。

その道を横切るように、路面電車がのんびりと走って行った。線路は、夏目《なつめ》漱石《そうせき》や永井《ながい》荷風《かふう》の墓もあるという雑司ヶ谷《ぞうしがや》霊園に続いていた。

「何食いたい？」

キイチさんが路面電車を目で追いながら言う。

「いや、特に……」

何も食べたくない。むしろこのまま逃げ出したい。信号が青に変わり、ぼくはとぼとぼとキイチさんのあとについて歩いた。

「あの……、キイチさんとマキさんて、何をされてるんですか？」

キイチさんは歩きながらしばらく考え込んでいた。

「そうだなあ……」

やがてあごのひげに手をやって、

「まあ、諜報部員《ちょうほう》ってとこかな」

と真顔で答えた。

超能力者でスパイ。子供のころなら垂涎《すいぜん》ものだ。

「いつも拳銃とか持ってるんですか」

「いつもじゃねえよ」

キイチさんは上着を開いて見せた。

「もし警官に見つかったら大変ですよね」

「電話一本でどうにでもなる。だって諜報部員だから」

キイチさんは当たり前のように言った。

「たぶん上が、凶悪犯を追ってる刑事とでも説明するんだろうな。俺、警察手帳も持ってるし。そもそも警官なんていつも銃持ってるぞ」

「……そうですけど」

もうそれ以上は、何も聞く気にならなかった。

繁華街まで歩いているあいだにガムを踏み、止めてあった自転車が足の上に倒れ、鳥の糞《ふん》が肩に落ちた。

キイチさんはそのうち横目でニヤニヤと笑い出し、

「それがお前の代償か」

と言った。

そんなはずはない。それなら先祖にかけられた呪いだと言われたほうがまだ信じられる。ぼくはポケットティッシュを出して肩に落ちた鳥の糞を拭きながら、キイチさんに連れられて繁華街の外れにある『カトレア』という喫茶店に入った。

店内には数人の客がいた。帽子からハトが飛び出すマジックショーのような音楽が流れ、昼間なのにどこか薄暗く、そして全体がやけに茶色かった。

奥のボックス席に座ると、ポニーテールのかわいいウエイトレスが水とおしぼりを持ってきた。

「いらっしゃいませ」

「ナポリタンとアイスコーヒー」

「……じゃあ、ぼくも」

キイチさんはタバコに火をつけ、茶色いビニール製のシートにもたれながらゆっくりと煙を吐き出した。

ぼくは俯《うつむ》いたまま考えていた。壺か、会合か、漁船か。それとももっと恐ろしい何かが……。

「なあ瞬」

「はい」

ぼくはうわずった声で返事をした。

「お前っていつもそうなの？」

「え？」

キイチさんは糞の跡がついた肩をあごで指した。

「別にいつもというほどではないこともないような……」

何としてもそれを例の代償とかいうやつにしたいようだ。苦い顔で曖昧に答えると、キイチさんはふっと笑った。

「いつごろからだ？」

「いや、分かりません」

子供のころからずっとそうだ。突然運が悪くなったわけではない。

「俺は中学のときだったな」

マジックショーのような音楽が終わり、ムーディなピアノ曲が流れ出す。

「最初はただの頭痛だと思ってたが、いつまで経っても治らねえんだ。病院に行って検査もしたが、とくに異常はないってな。しばらくは能力のことなんて気がつかなかったけど、ある日学校に行こうとしてカバンを取ろうと思ったら、勝手に飛んできやがった」

キイチさんは長くなったタバコの灰を灰皿に落とした。

「それから色々やってみて、何でも動かせるわけじゃないってことが分かった」

これから自分がどうなるのか、ぼくはびくびくしながら話を聞いていた。

「俺が動かせるのは、実際に自分の力でも動かせるものだけだ」

「と言いますと？」

「例えばキーのついた車があれば、エンジンをかけて走らせることができる。でも車自体を浮かせたりすることはできねえ」

「じゃあ人をびゅんびゅん吹き飛ばしたりとか、でっかい岩をぶつけたりとか」

ぼくは冗談まじりに言ってみた。

「それができりゃ、世界征服も夢じゃなかったかもな」

キイチさんはタバコを消しながら、遠い目をしていた。

……本気だ。この人は本気で世界征服を夢見ていたに違いない。

「おまたせしました」

そこへウエイトレスがナポリタンとアイスコーヒーを持ってやってきた。

「ここのはうまいぞ」

キイチさんが言うと、ウエイトレスは小さく微笑んだ。

ナポリタンをテーブルに置きアイスコーヒーに手を伸ばしたとき、トイレの方から歩いてきたガタイのいい男が彼女の背中にぶつかった。

「あっ！」

彼女の手からグラスが落ち、アイスコーヒーは見事にぼくの足にかかった。

「申し訳ございません！」

彼女が慌ててそれを拭く。

「大丈夫です」

ぼくは気にもせずに言った。よくあることだ。頭からかぶらなかっただけまだいいほうだ。

「なあ」

そのとき、キイチさんがそのまま歩いていこうとする男に声をかけた。

「あ？」

頭を剃りあげた怖そうな小太り男が振り返る。

「あんたがぶつかったんだぜ。二人に謝ったほうがいいんじゃねえか」

「何だてめえ」

眉間にしわを寄せながら、男がキイチさんに歩み寄る。

「その女がぼけっとしてたからだろ」

キイチさんはゆっくりと立ち上がった。男は頭一つ分でかいキイチさんを見上げ、一瞬たじろいだ。ぼくは慌てて二人のあいだに割って入った。

「すみません、大丈夫ですから。ほんとにすみません」

そう言って頭を下げると、男は「ちっ」と舌打ちしてキイチさんを睨み、窓際の席へ戻って行った。

「申し訳ございません」

ウエイトレスが済まなそうに言う。

「いえ、ほんとに大丈夫です」

椅子に座ると、キイチさんが不満げな顔をしていた。

「おい、いいのか」

「いいんですよ、もう慣れてますから」

ぼくはフォークに巻かれたナプキンを取り、ベーコンやピーマンの入ったナポリタンを口に運んだ。

「ほんとだ、おいしい」

キイチさんは呆《あき》れたようにそれを眺めていた。

ウエイトレスが代わりのアイスコーヒーをテーブルに置き、食べ終えた皿を持って行くと、キイチさんは財布から千円札を一枚出してぼくに差し出した。

「瞬、その前の通りをずっと行ったところにコンビニがあるから、そこでタバコ買ってきてくれよ」

「ええ、いいですよ」

「そのあいだに、あのテーブルの上にあるもの全部あいつにぶっかけといてやるよ」

キイチさんは薄い笑みを浮かべ、窓際に座っているさっきの男を見た。

「は？」

男の席にはミートソースとアイスコーヒーが乗っていた。

「変なことしないでくださいよ」

もちろん冗談だろうと思いながら、店を出てコンビニに向かった。

このまま逃げてしまおうかと考えたが、名前もアパートも知られている。しばらくどこかに身を潜めたとしても、『危険な超能力を持つ町田瞬を見かけた方はご一報を』などと書かれたビラでもまかれたらたまったものじゃない。

重い足取りでコンビニに行き、結局逃げ出すこともできず仕方なく喫茶店に戻ると、店内が妙にざわついていた。

「大丈夫ですかお客様！」

ウエイトレスが窓際のほうへ走って行く。ふと見ると、さっきの怖そうな男がミートソースとコーヒーまみれになっていた。ぼくは息をのみ、大急ぎでキイチさんのところへ向かった。

「何したんですか！」

「だから、言っただろ」

「まずいですよ、早く出ましょう」

ぼくはあせりながら、座っているキイチさんの腕を引いた。

「何で」

キイチさんは落ち着き払って動こうとしない。

「だってあんなことしたら……」

しかし、どうも様子がおかしい。

男はぽかんとしたまま、何が起こったのか分からないといった顔をしている。他の客や店員も、キイチさんのことはまったく見ていない。

「俺はここから動いてないって」

キイチさんは新しいタバコを開けて火をつけた。

「……え？」

キイチさんはぼくを見ながらゆっくりと煙を吐いて、

「ハンドパワーだ」

と口の端で笑った。

ぼくは周囲に目をやり、びくびくしながら席に座って薄くなったアイスコーヒーを啜った。

……この人は一体、何をしたんだ。

4

店を出て「そろそろ帰るか」とキイチさんが言ったので、ようやく解放されると思いほっとしていたら、部屋まで付いて来た。それは「帰る」じゃない。しかしキイチさんはまるで自分の部屋のようにくつろぎ、途中のコンビニで買ったビールやお菓子をテーブルに並べ始めた。

「飲むか？」

「いえ、未成年ですから」

「何だよそれ」

何だよそれって何だよ。ぎりぎりだが未成年であることには違いない。キイチさんは部屋の隅に積まれたダンボールを勝手に開け、

「お、懐かしいな。これやろうぜ」

と言ってゲーム機を取り出した。

「いいですけど」

ゲーム機をテレビにつなぎ、キイチさんは格闘ゲームを入れた。

ぼくの得意なやつだ。

古い格闘ゲームだが、子供のころ父親に教わってずいぶんやり込んだ。こういうのを人とやるのは苦手だ。

コンピューター相手ならいいが、それが人となるといい気になってボコボコにするわけにもいかなし、だからといって手加減しているのが分かってしまったらそれで気まずい。接戦を装い、「あ、負けた」なんて悔しそうな顔で二、三回やればきっと気が済むだろう。

と考えていたら、ボコボコに負けた。

「十年早いんだよ」

キイチさんが得意げに笑う。

なるほど。そういうことなら話は別だ。こうなったら手加減なしだ。手も足も出ないくらいボッコボコにしてやる。

「もう一回やりましょうか」

「ああ」

そしてぼくは、手も足も出ないくらいボッコボコにされた。

「おいおい、どうしたよ」

悔しい。何だかむしょうに悔しい。

「もう一回やりましょう」

それから立て続けに三回、ぼくは見事に負けた。キイチさんは余裕の表情でビールを飲みながらタバコを吸っていた。

くっそー。

「キイチさん、もう一回！」

「いいぜ」

必死の形相でコントローラーを握りしめていたとき、ドアを叩《たた》く音がした。

「宅配便でーす」

何だよこんなときに。

「待っててくださいよ、またすぐやりますからね」

そう言って玄関へ向かったぼくに、

「よせ、開けるな！」

とキイチさんがとっさに叫んだが、もう遅かった。

開いたドアの向こうには、オールバックの髪にダブルのスーツを着た五十代くらいの男が立っていた。昨日の教訓は、まったく活かされていなかった。

目が細く骨ばった顔をしたその男は、鋭い視線を部屋の中に向けた。

「よう、キイチ」

「……村井さん」

顔を引きつらせながらキイチさんが言う。男の後ろにはマキさんが小さくなって立っていた。

Vシネから飛び出してきたような村井さんというその男は、ぼくの肩に手を乗せたままゆっくりとキイチさんのいる部屋の中へ向かった。

「まさかこんなもんで俺をだませると思ったわけじゃねえよな」

村井さんは内ポケットから出した小さいビニール袋をキイチさんの足元に放った。

ぼくは息をのんで飛び退いた。

ビニールの中には、指が入っていた。

「軽い冗談す」

「だよな。ちゃんと返しておけよ」

キイチさんは頭をかきながら、イタズラがばれた子供みたいに「へへっ」と笑ってビニール袋を拾い、上着のポケットに押し込んだ。確かにラーメン屋でそんなようなことを言っていたが、まさか本当にやるとは思わなかった。

村井さんは細い目をぼくに移した。

「君のことはマキから聞いたよ」

「マキ、てめえ」

キイチさんが隅で俯いているマキさんを睨む。

「マキを責めるな。ずいぶん耐えたほうだ、なあマキ」

マキさんの青白い顔から、いっそう血の気が失せた。

「お前らの気持ちは分からないでもないが、上が決めたことだ」

そう言って村井さんはズボンのベルトを引き抜き、両端を手に巻きつけてぎゅっと握ると、強度を確かめるように左右に二、三度引っ張った。

「瞬だったな。まあ悪く思うなよ」

鋭い目が鈍く光っていた。

殺される。今度こそ殺される。再びやってきた突然の恐怖に足が震え、体が動かない。近づいてくる村井さんを、ぼくはただ怯えながら見つめた。

「村井さん、ちょっと待って！」

キイチさんがとっさにぼくの前に立つ。

「邪魔する気なら、お前もどうなるか分かってんだろうな」

「いや、そうじゃなくて……」

キイチさんは慌ててテーブルの上にあったポテトチップスの袋を差し出した。

「これ、食べてみてくださいよ」

「あ？」

村井さんが怪訝な顔をする。

「それからでも遅くないでしょ」

キイチさんはそう言って必死に笑顔をつくった。

村井さんはその袋とキイチさんを交互に睨むと、面倒くさそうにそれを一つ摘《つま》んで口の中に放り入れた。

「うまっ！」

声にびっくりしてぼくは身を縮めた。村井さんはキイチさんの持っていた袋を取り上げ、しげしげと眺め出した。

「俺がガキのころはこんなもんなかったぞ」

村井さんはそう言って原材料のところまでじっくりと読んだあと、夢中でそれを食べ始めた。

「マジでうめえ。何だよこれ、サワークリーム味って何味だよ」

キイチさんはただ苦い笑みを返した。

村井さんはとうとう一袋を全部食べつくし、しばらくぼくを睨んだあと、分厚い財布を開き中から一万円札を出してマキさんに差し出した。

「何でもいい、これでうまそうなもの買えるだけ買ってこい」

「は、はい」

マキさんは戸惑いながらそれを受け取り、急いで部屋を出て行った。

待っているあいだ、部屋には妙な空気が流れた。テーブルをはさんで向かいに座った村井さんは、こちらを穴が開きそうなほどじっと見つめていた。ぼくの目は部屋中を泳ぎまくった。

のどがカラカラになり、コンビニで買ったウーロン茶に手を伸ばそうとしたとき、村井さんがぼくの腕をちょこんと触った。

ぼくは驚いて顔を上げた。

「……え？」

村井さんは顔をしかめ、黙ったまま首をかしげた。

いまのは何だ。

ウーロン茶を一口飲みしばらく部屋の中をきょろきょろしていると、また村井さんがちょこんと腕を触った。

「……はい？」

村井さんは低く唸り、また黙ったまま首をかしげた。

だから何なんだ。すごく怖い。

三十分ほどして、マキさんがパンパンになった白いレジ袋を両手に提げて帰ってきた。テーブルに乗り切らないほどのお菓子やパンやデザートを、村井さんは片っ端から食べ始めた。

食べながら「うまっ！」とか「やばっ！」と野太い声を発するたびに、ビクッと体が震えた。

一通り手をつけたところを見計らったように、キイチさんが座ったまま村井さんに擦《す》り寄って行った。

「ねえ村井さん、今度は晩飯なんてどうっすか」

「晩飯？」

「ええ、和食でも中華でもイタリアンでも」

キイチさんは意味ありげな笑みを浮かべながら、「もちろん瞬も一緒に」と言った。

村井さんはなめるようにぼくを見て、ニヤッと笑った。

「ちょっと待ってろ」

村井さんは突然立ち上がり、携帯を手にしながら部屋を出て行った。今度はキイチさんが、ニヤッと笑った。

十分ほどすると、村井さんが部屋に戻ってきた。

「お前らが面倒を見るってことで上には納得させた。瞬には明日からこいつらと一緒に働いてもらう。時給は八百五十円くらいか」

……スパイのバイトなんて初めて聞いた。しかも時給が安すぎる。何をするのか分からなかったが、とりあえず殺されるよりはマシだ。

「じゃあよろしくな」

村井さんはそう言って、満足そうに玄関へ向かった。

「それから、明日の晩飯は俺のおごりだ」

鼻歌をうたいながら、「まずは中華だな」と呟《つぶや》いて村井さんは部屋を出て行った。

ドアが閉まると、二人はほっと息をついた。

「何とか助かったな」

キイチさんが言う。

「わたしは助かってないわよ」

部屋の隅で小さくなっていたマキさんが鬼のような顔でぼくたちを睨んだ。

「まあ、でもこれでお前も好きなだけラーメンが食えるんだ」

二人はすっかりくつろいだ様子で、村井さんが残していったお菓子やらデザートやらを食べ始めた。

「村井さんて、何なんですか」

ぼくは食べかけの高級そうなアイスに手を伸ばして尋ねた。

「俺たちの上司で、拷問《ごうもん》のプロだ」

　キイチさんが顔を歪《ゆが》めながら答えた。

「……拷問のプロ？」

「ああ、あの人は痛覚を操れる。ちょっと触られただけでも、ぶん殴られたみたいに痛《いて》えんだ」

「わたしは今日、それでさんざん触られまくったのよ」

　マキさんは思い出したようにまた怒り始めた。

　女スパイが、拷問のプロに触られまくった……。頭の中で妄想が膨らみ始めたとき、マキさんの拳《こぶし》が飛んできた。

「いたっ、何ですか」

「違う」

　マキさんが冷ややかに言う。

　……違うって。まさか、この女スパイは人の心も読めるのか？

　ためしにぼくが持っている知識のすべてを使ってマキさんのとんでもなくいやらしい姿を想像してやろうかと思ったが、この人なら本当に銃で撃ちかねないのでやめた。

「でもまだ俺たちは、あの人の本気を見たことがねえ」

　分厚いサンドイッチでビールを飲んでいたキイチさんの手が止まった。

「前にどんなことをしても絶対に口を割らない男がいた。そいつが村井さんに連れられて歯医者に行ったんだ。中から狂ったような悲鳴が聞こえて、そいつは一分もしないうちに全部白状した」

二人の顔からさっと血の気が引いていくのが分かった。

「ただその代償として、あの人には味覚がないのよ。何を食べてもまったく味がしないらしいわ」

マキさんはそう言って村井さんが使っていたプラスチックのスプーンをゴミ箱に捨て、レジ袋から新しいものを取り出してやわらかそうな白っぽいプリンを口に運んだ。

「とにかく、怒らせるとおっかねえってことだ」

キイチさんはビールを飲みながら、「でも瞬には関係ねえか」と笑った。

ぼくは悩んでいた。はたしてこれは本当なのだろうか——。まさか、壮大なドッキリとか。

例えば現実を直視できなくなった人たちが集まり、共通の妄想世界を作り上げ、その中でそれぞれのキャラクターを演じてるってことも考えられる。リアルネットゲームみたいなものだ。

『能力無効』などというありがちなキャラを押し付け、わけが分からないのをいいことに、便利にぼくを使っているのかもしれない。何せその前では能力や代償があるふりをする必要もなく、何もできない普通の人でいていいのだから。

でもそれにしてはみんなやけに本気っぽかったし、あの喫茶店で起きた不可解なこともあるし。

もしかしてこの人たちは、本物の……。

5

翌日、マキさんから受け取った地図を頼りに、ぼくは繁華街から少し外れた雑居ビルに赴いた。その四階を見上げながら一瞬でも信じた自分が恥ずかしくなった。並んだ窓の一番端に『超現象調査機構《ちょうげんしょうちょうさきこう》』という看板が出ている。やっぱりぼくはだまされてる。

階段を上り事務所の前まで行くと、ドアにも同じように書かれたプレートが貼ってあった。

このまま帰ろうかと思ったとき、「瞬だろ、入れよ」というキイチさんの声が中から聞こえた。ぼくは渋々ドアを開けた。

事務所はあまり広くなかった。中央に低いテーブルがあり、それをはさんで向かい合ったソファにキイチさんが寝転んで雑誌を読んでいた。

正面の窓際にあるデスクでは、マキさんがパソコンのモニターを凝視しながらキーボードを叩いていた。右側の壁には黒いファイルが木の棚にびっしりと並び、左側には小さなシンクと冷蔵庫があった。

ぼくはキイチさんの向かいにあるソファに浅く腰掛けた。

「……何なんですか、ここは」

「俺たちの事務所」

そういうことじゃないよ。

「おもてに『超現象調査機構』って書いてあったんですけど」

キイチさんが面倒くさそうにゆっくりと体を起こす。

「ああ、超現象を調査してるからな」

そう言ってテーブルの上のタバコに手を伸ばし、百円ライターで火をつけた。薄い煙がゆっくりと部屋の中を漂った。

「……へえ」

インチキくさいにもほどがある。そう思っているとマキさんが小さくため息をついて、デスクにあった黒いファイルを手にしながら立ち上がった。

「ここには不思議な現象を目撃したという人からの電話がかかってくるわ」

「不思議な現象？」

「幽霊やUFOを見たというものもあれば、動物が人の言葉を喋ったなんていうものもある。まあ、たいていは見間違いか、ただの妄想よ」

「でしょうね……」

マキさんはぼくの前にそのファイルを置いた。

「でも中には本当のこともあるわ」

やはりからかわれているのではないだろうか。二人の顔を交互に見たが、くすりともしなかった。

「そういうものには、たいてい能力を持ったやつが関わってるの。わたしたちがやるのはそれを調査して上に報告することよ。もしそれが能力者による犯罪で、警察でも手に負えない場合は、適した能力者が派遣されて何かしらの措置がとられるわ」

マキさんはデスクに戻ると、またキーボードを叩き始めた。

「あんたにやってもらうのは、わたしたちが調査に行っているあいだ、かかってきた電話の内容をそのファイルに書いておくこと。たまに直接来る人がいるから、その相手もすることになるわね」

難しいことではなさそうだが、どうしてもインチキくささが拭いきれない。

「それからもうひとつ、本当に能力を持ったやつから連絡が来る場合がある」

キイチさんはタバコの煙を吐きながら言った。

「能力や代償を誰にも話せずに悩んでるやつが世の中には何人もいるからな。組織がここをつくったのも、半分はそういうやつらのためだ」

超能力者の駆け込み寺なんて聞いたこともない……。

「そんな人から本当に連絡が来るんですか?」

どう考えても怪しいに決まってる。

「ああ、ニナや咲也《さくや》ってやつがそうだ。瞬もそのうち会うことになるだろうな」

キイチさんは灰皿でタバコを消した。

「まあ瞬にその判別は無理だから、そういうやつから連絡が来たときは俺たちが確認しに行く」

「分かりました」

とりあえず返事をして、そのファイルを開いてみた。

きっちりとしたきれいな字で書かれているところと、ほとんど読めない字で書かれているところがある。きれいなほうがマキさんで、汚いほうがキイチさんだろう。

「そろそろ行くか」

キイチさんが立ち上がって伸びをする。

「冷蔵庫のものは好きに飲んでいいぞ」

上着をはおってキイチさんが出て行くと、マキさんはパソコンの電源を落としてデスクにあった電話をぼくの前に置いた。

「じゃあ、頼んだわよ」

「いってらっしゃい」

出て行く二人を見送りソファに戻る。事務所の中が急に静かになった。何もすることがなく、棚のファイルやデスクの上をぶらぶらと眺めたあと冷蔵庫を開けてみた。ビールとお茶しか入っていなかった。しかもほとんどがビールだ。仕方なくペットボトルのお茶を取り、しばらく電話の前でじっと待った。

電話はぴくりともしなかった。

そりゃそうだ。そうそう怪奇現象なんて起こるはずがない。窓の外を見ると、マンションやビルの隙間から東京スカイツリーが小さく見えた。ぼくはテーブルにあるファイルをぱらぱらとめくってみた。

『首都高を裸足《はだし》の婆《ばあ》さんが時速百キロ以上で走っていた』

『部屋にあった日本人形が逃走した』

『巨大化したゴキブリの大群が夏ごろに街を襲来する』

……二人はどれを調べに行ったんだ。

ファイルを閉じ、ぼくはソファに寝転んだ。本当ならいまごろ東京見物に明け暮れてうきうきだったはずなのに、こんなところで何をしているのだろう。

ため息をつきながらキイチさんが読んでいた雑誌に手を伸ばしたとき、突然電話が鳴った。

「はい、えーと、超現象調査機構です」

そんなことを真面目に言ってる自分がちょっと恥ずかしい。

「あの、聞いていただきたいことがあるのですが」

戸惑うような若い女性のかわいらしい声がする。こうなると、ちょっとやる気も出てくる。

「はい、何でもご相談ください」

名前と住所を尋ね、ぼくはそれをファイルに書き込んだ。

「実はわたし、先日ＵＦＯに乗せられたんです」

いきなりけっこうなジャブが飛んできたが、まあそういう夢を見ることだってある。

「なるほど、それで？」

「中には灰色の宇宙人が何人もいて」

それはリトルグレイだ。ぼくもこの前、ＵＦＯに乗る夢を見た。中にはリトルグレイがいて、どこに行きたいか聞かれたので表参道ヒルズと答えたが、着いたら近所のスーパーだった。

「それでわたし、その宇宙人たちに犯されたんです」

「……は？」

「手術台のようなものに手足を縛られて、そいつらが次々とわたしの上に……」

かわいい声にだまされて油断していたが、彼女はなかなかのハードパンチャーだ。

「なるほど」

何と言っていいのか分からず、とりあえず相づちを打ってみた。

「そうしたら最近、お腹の辺りがやけに痛むんです。この前、妙な夢を見ました。夢の中でわたしのお腹は大きく膨れ上がっていました。わたしはキッチンにあった包丁で、お腹を裂いてみたんです。すると、でっかいイクラみたいなものがボロボロ出てきて」

ぼくはもう書くのをやめていた。

「きっとそいつらの子供が今もわたしの中にいるんです。お願いします、何とかしてください」

セコンドにいるもう一人のぼくが、タオルを投げ込むのが見えた。

「……なるほど」

ぼくはデスクにあった電話帳に手を伸ばした。

「実はですね、知人にそういったことに詳しい者がおりまして」

「本当ですか！」

「ええ、いままで何件もそういった例に対処しています」

「どこにいるんですか」

「近所です。四丁目にある藤井《ふじい》メンタルクリニックというところを訪ね、いまのことをすべて話してください」

「藤井メンタルクリニック？」

「はい。表向きは病院ですが、その先生もわたしたちの仲間です。きっと何とかしてくれるでしょう」

「分かりました。ありがとうございます」

そう言って、その女性は電話を切った。

ごめんなさい。

ぼくにできることはこれくらいしかなかったと自分に言い聞かせる。気が重いうえに、このわずかなあいだでどっと疲れが出た。時給八百五十円ではまったく割りに合わない。キイチさんとマキさんは、毎日こんなことをしているのだろうか……。

6

その日はそれから二件の電話があった。髪の長い女が日本人形を持って夜の街を徘《はい》徊していたというものと、巨大化したゴキブリの大群が夏ごろに街を襲うというものだった。ファイルに同じようなものが書いてあったということは、この人は以前にもかけてきているはずだ。

疲れ切ってソファでぐったりとしているところへ、二人が帰ってきた。いつの間にか事務所の中は薄暗くなっていた。

「どうだった」

マキさんが明かりをつける。ぼくは開いたままのファイルを渡した。マキさんはそれにざっと目を通すと、「調べる必要はなさそうね」と言ってキイチさんに回した。

「こいつ、またかけてきたのか」

「ゴキブリの人ですか」

「ああ、予知でもできるんじゃないかと思って前に調べてみたが、ただのおかしな奴だった」

キイチさんはファイルをデスクの上に放り、ソファにどっかりと腰を下ろした。

マキさんが時計を見ながら「そろそろ村井さんが」と言いかけたとき、窓の下でクラクションが鳴った。見ると、建物の前に黒いベンツが止まっていた。その横に不気味なほどにこやかな顔をした村井さんが、そわそわした様子でこちらを見上げていた。

二人は同時にため息をついた。

事務所を出て車に乗り込むと、村井さんは運転席にいるマキさんに雑誌の切り抜きを差し出した。

「そこの北京ダックがうまいらしいぞ」

「あ、俺もさっき雑誌で見ましたよ」

キイチさんが助手席から覗き込むようにして言った。

「瞬、北京ダックって食ったことあるか」

村井さんが興奮した様子で言う。

「いいえ、ないです」

「そうか。俺は食ったことはあるんだが、味を知らねえ」

車の中で村井さんは、「なあ、フカヒレってうまいのか。ピータンってうまいのか」としきりに尋ねていた。

そのたびにキイチさんは「さあ」と気のない返事をした。

二十分ほどして車は高級そうな中華料理店の駐車場に止まった。北京ダックやフカヒレと言っていたのでその辺にあるような安い中華料理屋ではないと思っていたが、まさかこれほどまでとは。

当然、店の前にはメニューも作り物の見本もない。照明の付いた見るからに入りにくそうなガラス張りの扉があるだけだ。駐車場に止まっているのも高級車ばかりだった。その中に、村井さんの車と同じような黒いベンツが二台並んでいた。

「あれ、珍しいですねえ」

そのとき店のほうから低い声がした。見ると、ドアの前に男が立っていた。あとから五、六人の怖そうな男たちがぞろぞろと店から出てくる。

ぼくはドアの前にいる男を見て驚いた。黒いシャツに黒いスーツ、そして左目には海賊みたいな黒いアイパッチをしていた。

何かのコスプレか……。奇妙を通り越して、怖すぎる。

右の頬にはこめかみ辺りまで続く大きな傷があった。皮膚が引きつれ、片側だけ口の端が上を向いている。他にも顔のあちこちに古そうな傷があった。

撫《な》でつけた髪に細く尖《とが》った鼻、縦横に傷の走った骨っぽい顔はどこか蛇を思わせた。いまにも二つに割れた舌が、チロッと出てきそうだ。

男はつり上がった右目でぼくたちを一通り見回した。

「百瀬《ももせ》か」

村井さんが呟く。キイチさんは顔をそむけて舌打ちした。

年はキイチさんと同じくらいかもしれない。やせてはいるが、しっかりと筋肉のついた体格が服の上からでも分かった。

「村井さんでもこんなところ来るんですね」

男の声にはどこか悪意が混じっていた。

「ああ、たまにはこいつらに飯でもと思ってな」

村井さんは軽く答えた。男がぼくに目を向ける。

「新入りですか」

男はなめるようにぼくを見た。

「お前、何ができるんだ？」

「え、いや、とくに……」

怯えながら言いよどんでいると、

「たいしたことじゃないさ」

と村井さんが代わりに答えた。男は怪訝そうな顔でもう一度ぼくを見たあと、キイチさんに視線を移した。

「ああ、いたのかキイチ」

男はいま気づいたという様子で言った。キイチさんは男を見ると、「誰だっけ？」と尖った声で答えた。

「頭だけじゃなくて、とうとう目までイカれたか」

そう言って男は鼻で笑いながら、隅に止めてある黒いベンツに向かって歩き出した。後ろにいた男たちがぞろぞろとそれに続き、車に乗り込んで行った。

「おいマキ」

男がドアの開いた車の前で立ち止まる。

「その気になったらいつでも俺のところに来い」

男はマキさんを見つめながら、

「歓迎するぞ。お前は根っからの人殺しだからな」

と薄く笑った。マキさんは俯いたまま顔を歪めていた。

「村井さん、ここの北京ダックはうまいですよ」

男は皮肉っぽくそう言って車に乗り込んだ。ゆっくりと駐車場から出て行く二台のベンツを、ぼくは苛立ちながら目で追った。

「誰ですか、いまの」

三人が一瞬黙り込む。

「百瀬といって、ピギーの一人よ」

やがてマキさんが静かに答えた。

「ピギー？」

「組織の中でも殺しを専門にしてるやつらのことを、周りはそう呼んでるの」

「どうしてピギーなんですか」

マキさんは視線を落としたまま、

「みんなブタ野郎だからよ」

と吐き捨てるように言って店の中へ入って行った。

「しかも俺の同級生だ」

横にいたキイチさんが少し気まずそうに言う。

「キイチさんの？」

「ああ、中学のとき同じクラスだった。ほとんど口もきいたことなかったけどな」

キイチさんは遠のいていくテールランプを見つめた。

「何か嫌な感じでしたね」

眉を寄せながら車が走り去った道の先に目をやると、キイチさんはぼくの頭にぽんと軽く手を乗せた。

「気にすんな」

キイチさんは店に向かいながら、

「そんなことより、今日は好きなもんたっぷり食え」

と笑った。

「お前が言うな。俺のおごりなんだぞ」

村井さんが不服そうに、キイチさんのあとを追った。

店内はテーブルも椅子も店員も、すべてが高級そうに見えた。自分があまりにも場違いな気がして、三人のあとを小さくなって歩いた。

案内された広い個室の中央には、丸いテーブルがあった。

「おお！」

初めて見るぐるぐる回るテーブルに、思わず声を上げた。地元の中華料理屋は、どこもパイプ脚のついた四角く油っぽいテーブルだった。

興奮しながら椅子に座ると、やって来た店員にさっそく水をかけられた。キイチさんはそれを見て、ぷっと吹き出した。

次々と運ばれてくる見たこともないような料理を、村井さんと一緒に片っ端から食べ始める。

「うまいか、瞬」

「はい、すごく。あれ何ですか」

「あれは確か、アワビの何とか炒めだ」

「食べてもいいですか」

「ああ、食え食え」

ぼくたちは夢中で食べ続けた。マキさんはメニューになかったラーメンを特別に作ってもらい、それを黙々と啜っている。キイチさんはラー油まみれの餃子でビールを飲んでいた。テーブルの北半球と南半球では、大きな温度差があった。

北京ダックやらフカヒレやらアワビの何とか炒めやら、それにビールや紹興酒《しょうこうしゅ》を思う存分飲み食いした村井さんは、気前よくお金を払い上機嫌で車に乗り込んだ。

酔っ払った村井さんは帰りの車内で涙ぐみながらぼくの手を握り締め、「ありがとな、ありがとな」と何度も繰り返した。

アパートの前に着き、走り去って行く黒いベンツに手を振りながら思った。

こんなにおいしいものが食べられるなら、ぼくも『超能力者』ってことでいいかもしれない。

第二章　カエルは茹でられた　―THE MAGICIAN―

1

　いよいよ学校が始まったが、夢に描いていたキャンパスライフはまったく始まらなかった。ぼくの毎日はキイチさんに借りた中古の自転車で、学校と事務所とアパートをぐるぐるするだけで終わった。

　慣れというのは恐ろしいもので、そのころにはもう当たり前のように「はい、超現象調査機構です」と電話を取るようになっていた。とくに変わったことが起こるわけでもなく、超能力がどうこうという話もほとんど忘れかけていた。

　ぼくはソファに座りながら、窓の向こうにある小さなスカイツリーを見つめ深いため息をついた。

「ねえキイチさん、スカイツリーって行ったことありますか」

「ああ、近くまでならな」

　いつものようにソファに寝転びながら雑誌を読んでいるキイチさんが、気のない返事をする。

「いいなあ」

「そうか？」

「そうですよ！　ぼくなんてせっかく東京にいるのに、スカイツリーも東京タワーも雷門もお台場も、あんな近くに見えるサンシャインにも行ったことないんですよ」

ソファから腰を浮かせ、募ったうっぷんを爆発させる。

「人が多いだけで、どこもたいしたことないわよ」

デスクにいるマキさんがキーボードを叩きながら冷たい視線を向けてきた。

「それはずっと東京にいるからです。ぼくにとってはたいしたことあるんです」

ぼくは腕を組みどっかりとソファの背にもたれた。

「あーあ、展望レストランでご飯とか食べたい」

「なら行ってくればいいのに」

顔も上げずにマキさんが言う。

「一人でそんなところ行く勇気はありません」

ぼくはきっぱりと答えた。

「……お前は女子か」

呆れたようにキイチさんが言う。

「男子でも行きたいものは行きたいんです」

むくれながら窓の向こうにあるスカイツリーを見ていると、キイチさんは面倒くさそうにため息をついた。

「じゃあ、今度連れてってやるよ」

「本当ですか！」

「ああ、お誕生日にでもな」

「いいの、そんな簡単に約束して。言っておくけどわたしは行かないわよ」

マキさんがそっけなく言うと、キイチさんは顔を引きつらせた。

「男二人でそんなところ行く勇気は俺にもねえよ」

雑誌をテーブルに置き、キイチさんは苦い顔で立ち上がった。

「調査に行ってくるから、しっかり留守番してろよ」

「分かりました」

浮かれながら返事をし、事務所を出て行く二人の背中に「約束ですからね」と声をかけた。二人は何も答えずにさっさと階段を下りて行った。

あの様子だと、もう明日にはきっと忘れているだろう。紙に書いて嫌がらせのように貼っておいてやる。マジックを探してデスクの上をごそごそと漁《あさ》っているとき、事務所のドアがドンと鳴った。

「忘れ物ですか？」

返事がない。

仕方なくドアに向かいノブを回したとたん、血まみれの男が倒れ込んできた。

思わず悲鳴を上げながら飛びのくと、ソファの肘掛けに足をとられ思い切り腰から床に落ちた。やせた長髪の男が息を荒げて仰向けに転がった。

「……誰だ、お前」

腰が抜けたように座り込んでいるぼくに男が青白い顔を向ける。

「バ、バイトです」

「キイチは？」

短い呼吸を繰り返し、男は力なく言った。

「いま、出かけちゃって……」

ぼくはテーブルに置かれた電話に飛びついた。

「すぐ救急車呼びます！」

「……よせ」

男はかすれた声で言いながら、血に染まったミリタリーコートのポケットからプラスチックの小さいプレートを取り出した。

「これを、……キイチに」

コインロッカーの鍵についているような、楕円《だえん》形の薄いプレートだ。ぼくはかがみ込んでそれを受け取った。

「マキは、元気か……」

「あ、はい」

「……なら、良かった」

男は穏やかな声で言った。一瞬少し笑ったように見えた。背中からゆっくりと流れ出る血が、蜘蛛《くも》の巣のように広がった髪に絡みついていく。それは次第にぼくの足元を染めていった。

「……には、絶対に……な」

「え？」

血だまりに手をついて口元に耳を寄せる。

「ア、ヤカだ……」

「アヤカ？」

「アヤカ……には、絶対に……近づくな」

男は搾《しぼ》り出すようにそう言った。

「誰なんですか」

男は何も答えず、天井をじっと見つめていた。

荒かった呼吸が少しずつ小さくなり、やがて上下に動いていた胸がゆっくりと止まった。見開いたその目には、もう何も映っていなかった。

事務所の中に静けさが戻る。

頭の奥がしびれ、背中にじっとりと冷たい汗が浮いた。ぼくは放心したまま、血にまみれた男をただ眺めていた。

遠くで鳴ったクラクションでふと我に返り、慌てて電話に手を伸ばしキイチさんの携帯番号を押した。

ぼくは受話器を握ったまま、むせ返るような血の臭いの中で呆然と立ち尽くしていた。おそらく十分ほどだったろう。二人は息を切らしながら事務所に駆け込んできた。ぼくにはそれが一時間にも感じられた。

「……内海《うつみ》」

キイチさんは男の首元に手をやると、マキさんを見ながら小さく首を振った。マキさんはすぐに携帯を取り出し電話をかけた。

「村井さん、いま事務所で内海が……」

話を続ける横で、キイチさんは見開いた男の目をそっと閉じた。

「大丈夫か、瞬」

「はい……」

キイチさんの大きな手が肩に乗ると、少しだけ体の震えがおさまった。

「すぐに来るそうよ」

マキさんは携帯をしまいながら、横たわる男をじっと見下ろした。

「……すみません、救急車を呼ぼうと思ったんですけど」

陽が傾きはじめ、事務所の中にうっすらと闇が漂う。

「別にあんたのせいじゃないわ」

マキさんは床にいる男を見つめたまま言った。

「それにわたしたちはみんな、いつかこうなるかもしれないことを覚悟してる」

表情のない顔を上げ、冷たい視線をぼくに移す。

「わたしは人が死んでいくのを何度も見たわ」

「おいマキ」

キイチさんが俯いたまま静かにさえぎる。マキさんはかまわずに話し続けた。

「わたしはキイチや村井さんみたいに優しくはない。だからこそ言っておくわ。あんたもその覚悟をしておいたほうがいい。それがいやなら、どこか遠くで静かに暮らしなさい。いまならまだ間に合うわ」

淡々とそう言って、マキさんはまたじっと足元の男を見つめた。いつもと同じ冷たい表情だったが、なぜかとても悲しそうに見えた。

「行くぞ、瞬。そろそろ掃除屋が来る」

キイチさんがドアに向かう。

「お前がいると、ぜんぶ手作業になっちまう」

キイチさんのあとについてぼくは事務所を出た。マキさんは黙ったまま、血だまりの中に立っていた。

2

建物の隙間からオレンジ色の空が見える。昼間の柔らかく暖かい風は消え、冷たい空気が肌をさした。鼻の奥には、まだ血の臭いが残っていた。

雑居ビルが並ぶ裏通りを歩きながらキイチさんはタバコに火をつけ、ゆっくりと煙を吐き出した。

「知り合いだったんですか、あの人」

キイチさんの横を歩きながら尋ねた。

「ああ」

キイチさんは夕日に目を細めた。

「特にマキはな。最近は会ってなかったみたいだが、もう十五年以上前からの付き合いだ」

「死ぬ前に、『マキは元気か』って」

「そうか、あいつはマキを妹みたいにかわいがってたからな」

携帯灰皿に灰を落としながら小さく息をつき、キイチさんは眉を寄せながら遠くを見つめた。

「そうだ、これ」

ふと思い出して、ずっと握りしめていたプラスチックのプレートをキイチさんに差し出した。

「キイチさんに渡してくれって」

何も書いていない血のついた薄いプレートを見ながら、「鍵か」とキイチさんが呟いた。

「鍵？」

「これがあれば鍵を開けられるんだ、『コインロッカー』のな。あとで一緒に行ってみるか」

キイチさんは指でそっとプレートの血を拭い、それをポケットにしまった。

「あと、アヤカって知ってますか？」

「いいや、内海が何か言ってたのか」

「はい。よく分かりませんけど、アヤカには近づくなって」

キイチさんは何も言わず、考え込んだまま人気のない路地を歩き続けた。

辺りをひと回りして戻ると、ビルの前には村井さんの黒いベンツとシルバーの車が二台止まっていた。スーツを着た数人の男が車内に見える。その中の一人が険しい目をこちらに向け、何か言っていた。

「大貧民か」

キイチさんはポケットに手を突っ込んだまま、小さく舌打ちして足早にビルの中へ入って行った。ぼくはちらちらとそれに目をやりながらキイチさんのあとを追った。

階段で四階まで上ると、ドアの横でマキさんが腕を組みながら壁にもたれていた。

「安永《やすなが》が来てるわよ」

マキさんが言う。キイチさんはかまわずにドアを開けた。

薄暗い事務所の中で、村井さんとグレーのスーツを着た男がソファに向かい合って座っていた。マキさんの言っていた安永という男だろう。

三十代後半くらいで、髪を横に分け縁のないメガネをかけていた。暗く地味な印象で目立った特徴はなかったが、目だけがやけに鋭かった。

もう死体はなく、床には血の跡すら残っていなかった。

「君が例の」

安永はそう言って立ち上がると、珍しそうにぼくを上から下まで眺めた。

「一つ言っておくが、君のことはまだ極秘扱いになっている。行動にはくれぐれも注意してくれ。君の存在は、大きな混乱を招くことにもなりえる」

安永の口調はどこか威圧的だった。安永はゆっくりと近づいてくると、肩に手を乗せながら薄く笑った。

「もし君が我々にとって不利な存在になったときは、国が全力で君を殺す」

口元だけが笑っている安永の顔を見て、背中を冷たい手で撫でられたような気がした。

「じゃあ村井さん、お願いしますよ」

安永は抑揚のない声でそう言い、事務所を出て行った。

マキさんが部屋の明かりをつけると、村井さんは眉間にしわを寄せたままふっとため息をついた。

「何ですか、あの人」

ぼくはドアのほうを見ながら小声で尋ねた。

「公安だよ」

キイチさんはソファにどっかりと腰を下ろし、苦い顔で呟きながらタバコをくわえ火をつけた。

「表向きには存在しない、特殊能力者の対策係だ。『大貧民』とも呼ばれてる」

村井さんはじっとキイチさんのタバコを見つめながら言った。

「大貧民？」

「貧乏くじを引いた奴が集まるところだからな」

キイチさんが皮肉っぽく笑う。

「すごくエリートそうな感じでしたけど」

「安永の欠点は、頭が良すぎるところだ」

そう言って村井さんはテーブルにあったキイチさんのタバコに手を伸ばし、「くそ、また禁煙失敗だ」と呟きながらタバコに火をつけた。

「周りがみんなバカに見えてしょうがないんでしょ」

マキさんは冷ややかに言って、キイチさんの横に座った。

「で、どうしてあいつがここに？」

キイチさんがそう言って怪訝な顔を村井さんに向ける。

「まあ、瞬も座れ」

ぼうっと突っ立っていたぼくに村井さんが声をかける。ぼくは村井さんの隣に小さくなって座った。

「内海が追ってた件は、お前らに引き継いでもらうことになった」

村井さんはそう言って、タバコの煙をゆっくりと吸い込んだ。

3

二年ほど前、山間にある別荘地で六人の男が殺されるという事件があった。

五人の遺体は別荘の中で発見された。争ったような跡があり、みな刃物や鈍器によって殺害されていた。

それと同時に、麓《ふもと》の国道でもう一つ遺体が見つかった。ガードレールに突っ込んだ車の中にあったその遺体も、死因は事故ではなく刃物の傷による失血死だった。

当時そのニュースはテレビでも報道され、ぼくもよく覚えていた。

犯行があったのは午後七時から九時のあいだだったそうだ。ということは、きっと犯人は寝静まったところを一人一人殺していったのではない。しかも凶器は持ち込まれたものではなく、すべて最初から別荘にあったものだった。

当然顔見知りの犯行と誰もが考え、すぐに犯人は捕まるだろうと思われていた。

しかしいつまで経っても進展はなく、毎日同じような内容のニュースが繰り返されるだけだった。

次第にテレビでも取り上げられることがなくなり、他の事件と同じように少しずつ人々の記憶から消えていった。

結局二年経ったいまでも、その後の情報が流れることはなく、犯人もまだ捕まっていない。

「内海さんはその犯人を追ってて殺されたってことですか」

そう尋ねると、部屋に妙な空気が流れた。三人は一瞬顔を見合わせたあと、黙ったまま俯いていた。

「まあ、瞬が知らないのは当然だ」

村井さんはゆっくりと体を起こした。

「警察がさんざん調べて分かったんだが、誰かが訪ねてきたり、外部から何者かが侵入した形跡はなかった。凶器に残されていた指紋も死んだ六人のものだけだ」

「じゃあ、その六人の中に犯人が？」

「いいや、そうじゃない」

村井さんは目を伏せたまま言った。

「凶器から出てきたのは誰か一人のものじゃなく、六人それぞれの指紋だ」

「どういうことですか」

眉を寄せながら尋ねると、村井さんは小さくため息をつき、静かに答えた。

「六人を殺した『誰か』なんていなかったってことだ」

「でもみんな殺されたって……」

そのとき、ふとある考えが頭をよぎった。それはいままでまったく想像もしていなかったことだった。ぼくは何の疑問もなく信じ込んでいた。彼らは誰かに殺されたのだと。しかし侵入者はいなかった。凶器の指紋もそれぞれ別のものだった。彼らを殺した『誰か』は、存在しなかったのだ。

「まさか六人が……」

村井さんが苦い顔でうなずいた。

「ああ、その別荘で殺し合ったんだ」

言葉が出なかった。

キイチさんとマキさんも知っていたようだ。二人は驚いた様子もなく、黙ったままぼくたちの会話を聞いていた。

「そこにいたのは会社の役員や弁護士といった連中だ。金銭的なもつれはないし、薬物も検出されなかった。前にもクルーザーで釣りに行ったりゴルフに行ったり、お互い恨みを持ってる様子もなかった」

以前から顔見知りだった六人が休暇で別荘に集まり、夜になって突然その場にあったもので全員が殺し合うなんてことがあるのだろうか。

「そこで何があったんですか」

「みんな死んじまったんだ。もう誰にも分からねえよ」

キイチさんはそう言いながら、村井さんに怪訝な顔を向けた。

「でも、何でいまさらその事件を内海が」

村井さんは苦い顔で頭をかいた。

「ここからはキイチやマキも知らないだろうが、実はもう一つ公表されていないことがある」

村井さんは灰皿でタバコをもみ消しながら言った。

「もしかしたら、その場にもう一人誰かいたかもしれない」

キイチさんが身を乗り出す。

「もう一人いた？」

「ああ。その別荘の床に、かすかにだが車椅子の跡があった」

キイチさんとマキさんは同時に顔を見合わせた。

「それがその事件の日についたものなのか分からないし、いまだにそれらしいものは見つかってない」

「そいつが殺したってことは？」

マキさんが尋ねる。

「ないな。誰がどの凶器を使いどういう順番に死んでいったかまで、警察では調べ上げてる」

「じゃあそいつは六人が目の前で殺し合うのをずっと見ていたってこと？」

「ああ、もしそのとき本当にいたらの話だけどな」

会話が途切れ、沈黙が続いた。

キイチさんは最後のタバコをくわえると、箱を握りつぶしてゴミ箱に放り込んだ。

村井さんが残念そうに「あっ」と小さく声を上げた。

「そいつを見つければそこで何が起こったのか分かるし、能力者が関わってる可能性もある。で、それを調べてた内海が殺されたってことですか」

キイチさんは上着のポケットから新しいタバコを出してテーブルに置いた。

「そういうことだ」

村井さんはタバコを取り、封を開けながら言った。

「警察からこっちに調査の依頼がまわってきたのは一年くらい前だ」

二人が呆れたように鼻で笑った。

「どうしていつもそうなんですか。すぐこっちの誰かに調べさせてりゃ、もう少し何か分かってたかもしれないのに」

珍しくキイチさんが苛立ったように言う。

「事件から一年も経って、さんざん警察が出入りしてひっかき回したあとじゃ、分かるもんも分からないってことがあいつらには分からないんですか」

「まあそう言うな」

村井さんはそれをなだめるように言った。

「警察にも一応プライドってもんがあるんだろ」

「そのクソみたいなプライドのせいで、内海は死んだんですよ」

タバコの煙が緩やかな渦をつくって部屋の中を流れていった。村井さんは小さくため息をつくと、静かな目でキイチさんとマキさんを見た。

「悔しいのは、お前らだけじゃない」

二人は何も言わず、やり場のない怒りをこらえるようにゆっくりと目を伏せた。

村井さんはタバコを消し、これまでの経緯を説明した。

「まず最初に調査を担当していた灰野《はいの》という男が、半年ほど前に行方不明になった」

「遺体は？」

キイチさんが尋ねる。

「いいや、まだ見つかってない。そしてそのあとにそれを引き継いだ人間も、次々と消息が途絶えた」

「どういうことですかね」

「さあな。そいつらに何が起こったのか分からないし、いまだに消息不明だ」

「調査の報告は？」

「手がかりになりそうなものは誰からもなかったそうだ」

村井さんはため息をついた。

「で、二か月前にそのうちの一人が遺体で見つかった」

「殺されたんですか」

「ああ、刃物でな。赤石《あかいし》という男だ」

「人形使い、ですか」

「お前も知ってるのか」

「ええ、名前くらいは」

「わたしも会ったことはないけど、そういう能力を持った男がいるって話は聞いたことがあるわ」

マキさんが言った。

「内海はその一連の事件を調べているところだったそうだ」

「そのことを村井さんには」

キイチさんが尋ねると、村井さんは首を横に振った。

「俺もさっき知ったばかりだ」

村井さんは視線を落としたまま言った。

「いまだに行方が分からないのが三人、死んだのが内海を含めて二人だ。これだけ能力者がやられてるってことは、普通の人間の仕業とは考えにくいな」

話を聞き終えたキイチさんは、ポケットから血のついたプレートを出して村井さんに見せた。

「内海が持ってたそうです」

「鍵か」

キイチさんがうなずく。村井さんはぼくに目を向けた。

「その内海って人が、キイチさんに渡してくれって。あと、アヤカには近づくなと」

「アヤカ？」

村井さんが眉を寄せる。

「はい、誰なのか訊《き》いたんですが……」

ぼくは言葉に詰まり顔を伏せた。村井さんは何も言わず、ただぼくの肩にそっと手を置いた。

「いままでの資料はあとで用意させる。とにかく、これだけ犠牲者が出てるってことは、あの事件を調べられると都合が悪いやつがいるはずだ」

「それがアヤカってことですかね」

キイチさんはプレートを見つめた。

「まあ、関わりがあるのは間違いないだろう」

村井さんが立ち上がった。

「おそらく何かの能力を持ってる。できるだけ瞬と一緒に行動したほうがいいかもしれないな」

ぼくは複雑な気持ちでいた。超能力なんてものは、まだまったく信じることができなかった。でも今日、目の前で人が死んだ。それはまぎれもない事実だ。

キイチさんとマキさんもゆっくりと立ち上がる。

「まずはここに何があるのか調べてみます」

キイチさんはそう言ってプレートをポケットに入れた。

事務所を出て村井さんを見送ったあと、キイチさんたちは繁華街のほうへ向かって歩き出した。

「あの……」

歩きながら、ぼくはマキさんに内海さんとのことを話した。

「――そのとき、内海さんは笑ったように見えました」

マキさんは話を聞き終えると穏やかな声で、

「そう」

とだけ言って悲しそうに小さく微笑んだ。

4

夜の繁華街は賑《にぎ》わっていた。昼間のような明るさと人の多さに怖気《おじけ》づきながら、ぼくは二人のあとを追った。

居酒屋やカラオケボックスの入ったビルが並ぶ大通りを抜けると、狭い路地には風俗店が続いていた。妖艶な光を放つ看板に目を奪われているうちに、いつの間にか人気のない裏通りを歩いているのに気づいた。

ほとんど明かりもついていない灰色の建物が、高い壁のように薄暗い路地の先まで連なっていた。

何も言わず歩き続けていた二人が、ほとんど廃ビルのような建物の前でようやく足を止めた。ぼくは看板もない真っ暗なそのビルを見上げた。二人がいなかったら、とっくに逃げ出していたところだ。

「ここ、ですか？」

おそるおそる尋ねると、「ああ」と言いながらコンビニにでも立ち寄るような気軽さで、キイチさんはビルの中へ入って行った。

「ちょっと待ってください」

ぼくは慌ててあとを追った。

廊下は暗く静まり返っていた。ぼくは闇の中に浮かぶ階段を見上げた。

「こんなところに何があるんですか」

返事がない。辺りを見ると、二人の姿がなかった。

てっきり上に行くのだと思っていたが、二人は廊下の奥にある地下へ続く階段に向かっていた。慌てて二人の靴音を追い、ぼくはその狭い階段を下りた。

地下はひんやりとしていた。切れかかった蛍光灯の揺れる光が、まっすぐに延びた廊下を照らしている。塗装のはげた古い扉の前をいくつか通り過ぎ、二人は突き当たりにあるドアの前に立った。

キイチさんがポケットから出した鍵を鍵穴に差し込む。ドアをひき開けると、蝶番《ちょうつがい》が軋《きし》むような音を立てた。

その向こうにはもう一つ扉があった。

普通のドアと違い、ノブもない頑丈そうな鉄扉だった。キイチさんはそこにカードキーを差し込み、パネルについた番号を押していった。

ロックの外れる重く硬い音が響く。ドアを押し開けて入って行く二人のあとを、腰を引きながらついて行った。

中はバーのようだった。正面に長いカウンターがあり、左右には小さいロウソクの乗ったテーブル席がいくつもあった。外からでは考えられない広さだ。

暗すぎて顔までは見えないが、テーブル席には何人かの客がいるようだった。カウンターの奥には青白い光に照らされた名前も分からないような酒の瓶が、びっしりと並んでいた。

カウンターの中にいる坊主頭でひげを生やした男が、こちらを見て軽く手を上げた。店内を進み、キイチさんはカウンター越しに「よう」と声をかけた。

男の太い両腕にはびっしりとタトゥーが入っていた。

明らかに肌色の部分のほうが少ない。タトゥーはTシャツの袖口を通り、首元まで続いていた。右の指には人差し指から順に「EAST」と彫られ、左の指には「WEST」とあった。……何でだ。

「久しぶりだな、マッキー」

男が微笑《ほほえ》む。

「その呼び方はやめて」

マキさんは苦い顔をしながら、凶悪なダルマのような男を睨んだ。

「新入りか？」

男がぼくに目を移す。

「ああ、瞬だ」

「よろしくお願いします」

ぼくはぺこっと頭を下げた。

「俺は君鳥《きみどり》だ。よろしくな」

そう言って目じりにしわを寄せながらにっこり笑うと、いかつい顔が子供のようになった。

「この店には名前がないから、みんな『コインロッカー』って呼んでる」

キイチさんはカウンターの椅子に座って言った。

「おいニナ、来いよ。キイチが新入りを連れてきたぞ」

君鳥さんが言うと、酒瓶が並ぶ棚の奥にある厨房から白いシャツに黒いスカートをはいたショートボブの若い女性が現れた。年はぼくと同じくらいかもしれない。肌は血管が透けて見えそうなほど白かった。

彼女はまつ毛の長い大きな目をキイチさんに向けると、「いらっしゃい」と大きめの口で嬉《うれ》しそうに笑った。

店内が一瞬ざわついた。

「へえ、笑った顔もかわいいんだな」

キイチさんが真顔で言うと、ニナと君鳥さんは驚いたように顔を見合わせた。やがてその白く小さい顔がみるみる紅潮し、ニナは恥ずかしそうに俯いた。

そのとき、ぼくの周りを何かがチラチラと飛んでいるのに気づいた。虫かと思って見てみたら、小っちゃい天使だった。

……まさか、何かの能力？

天使は弓を引き、ぼくに狙いをつけて矢を放った。パスッという音が聞こえたような気がして胸の辺りを見ると、ハート型の心臓に『ニナ』と書かれた矢が刺さっていた。天使が手を振りながら去って行く。どうやら超能力ではなく魔法だったようだ。

そう、恋という名の。

「おいキイチ、どういうことだよ」

半開きの口で呆然とニナを見ていた君島さんが声を上げる。

「あとで説明するよ」

そう言ってキイチさんは店の隅にあるドアをあごで示した。

「あ、ああ……」

君島さんは、まだ信じられないといった顔でカウンターを出た。

「あの、はじめまして。町田と言います。町田瞬です。よろしく」

ぼくは俯いているニナに声をかけた。

「……よろしく」

グラスを拭きながらニナが呟く。

「行くわよ」

マキさんはぼくの襟首をつかみ、キイチさんたちのあとを追った。

ぼくはマキさんに引っ張られながら、ぽわんとした目でニナを眺めた。ニナは頬を赤くしたまま、同じグラスをずっと磨き続けていた。

ドアの向こうには、むき出しのコンクリートに囲まれた狭い廊下が続いていた。

「ニナが笑ってたぞ。どういうことだよ」

君鳥さんは廊下を歩きながら、何度も立ち止まってキイチさんを問い詰めた。

「うっとうしいな。あとで説明するって」

そのたびにキイチさんはそう言って、君鳥さんの背中を押した。

廊下の突き当たりとその手前の両側にドアがあった。突き当たりのドアは重そうな鉄製で、入り口にあったのと同じようなパネルがついていた。

「瞬、そこが『コインロッカー』だ。三人以上入ると中からドアが開かなくなるから気をつけろよ」

君鳥さんが言う。造りだけはスパイっぽい。

「で、ロッカーの鍵はこっちの部屋だ」

君鳥さんは腰につけていた鍵で左側のドアを開けた。

「うわっ」

部屋に入り、ぼくは思わず声を上げた。背の高いスチール製のラックに並べられたガラスケースが、四方の壁一面をおおっている。ケースの中はまるで小さいジャングルのようだった。

おそるおそるケースに顔を寄せてみると、縞《しま》模様の赤い蛇が丸めたゴムホースみたいに岩の間に横たわっていた。隣のケースでは赤黒い巨大なムカデが何本もある長い足を器用に動かして、うねうねと砂の上を這い回っている。

「すごいですね」

目を丸くしながらケースの中を見ている横で、キイチさんとマキさんは特に興味を示すこともなく、中央にある小さいテーブルに立てかけられた折りたたみのパイプ椅子を広げ始めていた。

「それがサンゴヘビで、こっちがオブトサソリだ。デスストーカーとも呼ばれてる」

君鳥さんは嬉しそうに説明しながら、鮮やかな青色をした小さいカエルや黒光りしたサソリを見せて回った。

よく見るとケースの内側にはフックが貼り付けられていて、そこに番号の書いてある鍵束がぶら下がっていた。

何だろうと思いながらそれを眺めていたとき、「見てみろ、瞬」と奥にある大きいケースの前にかがみ込んだ君鳥さんがぼくを呼んだ。

そこには灰色の細くて長いヘビが、砂の上に放り出された艶のある紐のようにうねっていた。

「ブラックマンバだ。世界で最も多くの人間を殺したヘビと言われてる」

名前だけは聞いたことがある。

「へえ、これが。黒いのかと思ってたら、違うんですね」

「口を見ててみろ」

座ったままじっと見ていると、しばらくしてそいつがシャーと口を開いた。中が真っ黒だった。

「すごいだろ」

君鳥さんは得意げに、また子供のような顔で笑った。

そんな調子で部屋をひと回りし終えると、君鳥さんは隅にある小さいケースの前で立ち止まった。

「瞬にも紹介しておかないとな」

そう言って振り返った君鳥さんの腕には、毛がフサフサした茶褐色のでっかいクモが乗っていた。

「オオツチグモだ。いわゆるタランチュラってやつだな」

ぼくは目を丸くした。

すぐ近くに山や川がある場所で育ったせいか昆虫とか爬虫類《はちゅうるい》を目にすることはよくあったが、こんなにでかいのを間近で見るとさすがに迫力がある。

「かわいいだろ、チョコって名前だ」

君鳥さんは愛《いと》おしそうに「E」と書かれた人差し指で背中を撫でた。

「毒とかないんですか？」

「いや、あるよ」

君鳥さんが平然と言う。

「え、大丈夫なんですか」

「ああ、俺は毒が効かない身体《からだ》なんだ」

そのとき背後で、「おい、君鳥！」とキイチさんの慌てたような声が聞こえた。振り返ると、二人が青い顔でこちらを見ていた。

「ん？　どうした」

「そいつをケースに戻せ。ゆっくりとな」

「何で」

「いいから早くしろ」

「だから何でだよ。いつも見てる――」

それをさえぎるように、キイチさんは人差し指を口元に当てて「しっ！」と小声で言った。

「いいか、これはお前のためだ。いますぐそいつをケースに戻せ。ゆっくりだぞ」

キイチさんの口調は犯人を説得する刑事みたいだった。わけが分からず、ぼくはぽかんとしたままそのやり取りを眺めていた。

君鳥さんは、

「お前ら何か変だぞ」

と怪訝な顔でチョコをケースに戻した。それを見たキイチさんとマキさんは、ほっと息をつき崩れるようにパイプ椅子に腰を下ろした。

「どういうことだ。ちゃんと説明しろよ」

君鳥さんが不機嫌そうに言うと、キイチさんはぼくをあごで示した。

「そいつがいるところでは、能力も代償もなくなる」

「は？」

「それが瞬の能力だ」

君鳥さんが驚いた顔でぼくを見つめる。

「マジかよ」

何かに気づいたようにはっとしながら、君鳥さんはキイチさんに顔を向けた。

「じゃあ、ニナが笑ってたのも」

「ああ、瞬がいたからだ」

君鳥さんがこちらに顔を戻し、しげしげと見つめてきた。

「そんな能力を持ったやつがいたのかよ。すごいな、瞬」

全然ピンとこない。自分では何も分からないうえに、超能力らしきものをまだ何も見ていない。それにこの理屈からすると、ぼくにはそれを見ることができないのだ。ぼくはまたもやもやした気分で椅子に座った。

キイチさんはポケットから出した血のついたプレートをテーブルに置いた。

「内海が死んだ」

君鳥さんは言葉を失ったまま、眉を寄せてキイチさんを見つめた。

「……嘘だろ」

呟くように君鳥さんが言う。二人は何も答えなかった。

ガラスケースの中から聞こえるかすかな物音だけが、冷たい部屋の空気を揺らした。

君鳥さんは俯いて目を閉じた。

やがて小さく息をつくと、ゆっくりと椅子に座り視線をプレートに移した。

「最後に来たのは三日前だ。預けたいものがあるってな」

「何か言ってたか」

血のついたプレートを見つめながら、君鳥さんは首を横に振った。

「いつもと同じだったよ。カウンターでビールを飲みながら、くだらない話で楽しそうに笑ってた」

そのときのことを思い出しているように、君鳥さんは力のない笑みを浮かべた。

「内海が追ってた件は俺たちが引き継ぐことになった。ロッカーの中に何があるのか見せてもらうぞ」

「分かった」

かすれた声でそう言い、黙ったまま目を伏せているマキさんを見つめる。

「大丈夫か、マッキー」

君鳥さんは静かに言った。

「だから、その呼び方はやめて」

マキさんは視線を上げ、愛想のない声で答えた。君鳥さんは小さく笑い、マキさんの頭にそっと手を乗せたあと、立ち上がって部屋の隅にあるケースの前に行った。

ブラックライトに照らされたサソリの体が妖しく光っている。君鳥さんはプレートをライトにかざしたあと、並んだケースの中を順番に眺めていった。

「あれだな」

背中が赤く手足の細いクモが入った二段目のケースを覗き込む。君鳥さんが慣れた

手つきでフタを開け、中の鍵束に手を伸ばそうとしたとき、

「おい待て！」

とキイチさんが叫んだ。君鳥さんが慌てて手を引っ込める。

「何だよ」

君鳥さんは険しい顔で振り返った。

「……ああ、そうか」

二人が眉をひそめながら視線を向けてきた。なぜぼくが悪いみたいな空気になっているのだ。

「瞬、ちょっと店のほうに行っててくれ」

キイチさんが言う。

「分かりました」

ぼくはすぐに気を取り直し、手で髪を整えながら飛ぶように店へ向かった。

5

カウンターの中では、ニナがまださっきと同じグラスを磨いていた。ぼくはぎこちない笑みをたたえながらカウンターの椅子に座った。

ニナはふとこちらに気づき、きょとんとしながら奥に通じるドアとぼくの顔を交互に見つめた。

「お知り合いの方ですか？」

「え？」

ぼくもきょとんとなる。

「あの、だから、町田です。町田瞬、新しく入った……」

ニナは初めて聞いたように、「そうですか」とまったく関心のない様子でまたグラスを磨き始めた。

しばらくして、ニナがようやく顔を上げた。

「何か飲みますか？」

「じゃあ、ウーロン茶」

ニナは手元にあったグラスを取り、氷を入れはじめた。

「すごいね、奥の部屋」

ぼくはだいぶ緊張しながらまた笑顔をつくった。

「そうですね」

ニナが淡々と答え、ウーロン茶の入ったグラスを置いた。

「ニナ……さんは、ああいうの平気？」

「いえ、生き物はあまり」

「そうなんだ。ぼくも」

つい合わせてしまった。ニナは思い出したようにふと顔を上げた。

「カニは好きです」

どっちだ。食べるほうか？

「……ああ、いいよね、カニ」

ぼくは曖昧な笑みを返した。

まったく会話が弾《はず》まない。店内はやけに静かだった。音楽もなく、たまにカチッと皿が鳴る音や氷がグラスの中で転がる音だけが、薄暗いどこかの席でするだけだった。女性を楽しませるトークはないかと引き出しの中をあちこち探してみたが、当然どれもからっぽだった。

そのとき、奥のドアが開きキイチさんが出てきた。ニナの表情がぱっと変わった。キイチさんはカウンターを回ってぼくの横に座った。

「どうですか？」

「いまマキと君島がロッカーを見てる」

キイチさんはポケットからタバコを出して火をつけた。

「あの、ビールでいいですか」

ニナが身を乗り出し笑顔で言う。また店内が一瞬ざわついた。

「ああ、悪いな」

「いいえ、全然」

ニナは冷蔵庫の中から一番冷えてそうなビールを選び、一番きれいそうなグラスを選んでキイチさんの前に置いた。

何だこれ。ぼくのときとは全然違う。薄々は気づいていた。というよりも、すっかり分かってた。

ニナは、キイチさんに恋してる。……くっそー、キイチめ。

「ん、どうした？」

「いいえ、別に！」

ぼくはやけになってウーロン茶を飲み干した。

「何だよ、そんな怖い顔して」

キイチさんはそう言って、ニナが選んだ一番冷えてそうなビールを一番きれいそうなグラスで飲んだ。

「おいキイチ」

君島さんがドアから顔を出す。キイチさんはタバコを消して席を立った。ぼくはぶつぶつ言いながらあとについて部屋へ戻った。

開いた扉の前まで来たときキイチさんが突然立ち止まり、その背中に思い切りぶつかった。見上げると、キイチさんは口を半開きにしたまま呆然と部屋の中を見つめていた。ぼくは前をふさいでいる大きな身体の横から中を覗き込んだ。

椅子に座り腕を組んで困惑したような顔をしているマキさんの前には、赤い着物をきたおかっぱ頭の人形がこちらを向いて立っていた。

むき出しのコンクリートと猛毒を持った爬虫類に囲まれた日本人形は、この上なく異様だった。

「何だよそれ」

キイチさんはその視線を避けるように、テーブルを回り込んで人形の背後に座った。さえぎるものがなくなり、ぼくは正面から人形と向かい合った。

……怖すぎる。

ぼくは逃げるようにキイチさんの背中に隠れた。

「中にあったのはこれだけよ」

マキさんはそう言って、嫌がらせのように人形をこちらに向けた。

「何か仕掛けは？」

「なさそうね。中身以外は全部調べたわ」

「触ったのはマキだけか？」

「ええ」

「じゃあ他の奴は触らないようにしたほうがいいな」

マキさんが目を丸くする。

「まさか咲也のところに持って行くつもり？」

「一応な」

マキさんは人形を手に取ってしげしげと眺めながら、「これは無理じゃないの？」と意味ありげに鼻で笑った。

「どうする、ニナを呼ぶか？」

扉の前に立っていた君鳥さんがそう声をかける。

「そうだな」

キイチさんは細いあごに手をやりながら答えた。

「行くぞ、瞬」

君鳥さんに促され、ぼくはまた髪を整えながら店に戻った。

カウンターの中にいるニナは、頬づえをつきうっとりとした表情で飲みかけのビールグラスを眺めていた。

「ニナ」

君鳥さんに声をかけられたニナは驚いて顔を上げ、動揺しながら頬を赤くした。

「ちょっと人形の中を見てやってくれ」

「は、はい」

ニナが慌ただしくカウンターから出てくる。人形の中を見るとは、一体どういうことなのだろう。

それを察したように君鳥さんが、

「ニナは物を透視できるんだ」

と微笑んだ。

「え、透視？」

それを聞いたとたん、ぼくの手は自然と股間の辺りを隠していた。

「……あ」

と思ったときにはもう遅かった。ニナは怒りに満ちた表情でぼくを睨んでいた。

「そんなもの見ません」

ニナは食いしばった白い歯の隙間から搾り出すようにそう吐き捨て、ツカツカと大股で扉のほうに歩いて行った。

「いや、そういうつもりじゃ……」

それをさえぎるように、扉がバタンと激しい音を立てて閉まった。

超能力なんてまったく信じていなかったのに、どうしてこんなときに……。途方に暮れるぼくの隣で、君鳥さんが腹をかかえて笑っていた。

十分ほど経ち、気を揉みながらカウンターを指でコツコツと叩いているところへ、ニナが扉から出てきた。

「何もありませんでした」

ニナは君鳥さんにそう言うと、ぼくには目もくれずにカウンターの中に向かった。

……やっぱりまだ怒ってる。

「違うんだ、違うんだよニナ」

未練がましく泣き言を吐き続けるぼくを、君鳥さんは往生際の悪い犯人を連行するように部屋まで引っ張って行った。

爬虫類と日本人形と無愛想な二人がいる部屋に戻り、ぼくは椅子に座って肩を落としながら深いため息をついた。

「ねえキイチさん、時間を戻せる超能力者はいませんか」

沈んだ声で尋ねると、

「いねえよそんなの」

とキイチさんはあっさり答えた。

「嘘でしょ、本当はいるんでしょ。だって超能力の世界では時間を操れる人が最強キャラじゃないですか」

何かに取り憑《つ》かれたようにぼくはキイチさんの体を揺すった。

「ねえ、お願いしますよ。紹介してくださいよ」

「あのなあ、そんな能力持ってたら代償だってとんでもないことになるんだよ。もしいたとしてもそんなやつが『どーも』なんて普通に出てくるわけねえだろ」

キイチさんは気味悪そうに腕を振り解きながら、

「何かあったのか」

と不安げな顔で君鳥さんに尋ねた。君鳥さんは苦い笑みを浮かべ、「ニナの怒った顔まで見られて嬉しいよ」とだけ答えて空いている椅子に座った。

「どうせニナの前でバカなことでもしたんでしょ」

マキさんが呆れたように言う。……その通りだ。

悲嘆するぼくのことなど気にもとめず、三人はテーブルの上の人形に目をやった。

「何も出てこなかったってことは、きっとこれ自体に意味があるのね」

「おそらくな」

「おいキイチ、本当に咲也のところに持って行くつもりか？」

「ああ」

「いくらあいつでもこれはなあ」

そう言って君鳥さんが人形に手を伸ばす。マキさんはその手を思い切りはたいた。

君鳥さんは、

「ああ、そうか」

と言って叩かれた手をさすりながら引っ込めた。

「咲也って、前にキイチさんが言ってた人ですよね」

いたことを思い出したように三人が顔を向ける。

「ああ、瞬はまだ会ってなかったな」

キイチさんは椅子の背にもたれて腕を組んだ。

「咲也も組織の一人だ。そいつは、その物に触れたやつを見ることができる」

それはいわゆる、残留思念ってことか？　ずいぶんあっさりと言ったが、いいのだろうか。もしそれが本当なら、事件はほぼ解決したようなものだ。

しかも、サイコメトラー咲也――。

背が高く色白でさらさらの髪をしたクールな男が、「お前の心はとっくに見えてるぜ」と上から目線で言うのかもしれない。ぼくがもし女子中学生なら、名前を聞いただけで鼻血を噴きながら悶絶《もんぜつ》していたところだ。

「まあ、とりあえず行ってみるか」

ここにきて一気にハードルを上げたキイチさんは、ただのんきな顔で人形を眺めていた。

「そんな人がいるなら、最初からその人に調査してもらえばよかったのに」

何気なくそう言ったとき、三人が突然ガタッと音を立てて椅子から立ち上がった。

ぼくは驚いて険しい表情の三人を見回した。やっぱりそこに触れてはいけなかったのだろうか。

「いや、冗談ですよ。何もそんな……」

それをさえぎるように、キイチさんが「しっ！」と言って指を口に当てた。

「いいか瞬、絶対に動くなよ」

青い顔をしたキイチさんが犯人を説得するように言う。

これってさっきもあったような……。

とても嫌な予感がして、ぼくは三人の鋭い視線が注がれている肩口にゆっくりと顔を向けた。

予感は当たっていた。左肩にはチョコが乗っていた。

そして案の定、ぼくはチョコに噛まれた。

6

向かいの部屋のベンチソファにぐったりと横たわっているところへ、君鳥さんが入ってきた。

「大丈夫か、瞬」

君鳥さんが笑顔で言う。

「ぜんぜん大丈夫じゃないですよ」

チョコに噛まれたぼくは取り乱しながら「死ぬ！　死ぬ！」とさんざん泣き喚いたが、死ななかった。

君鳥さんの話によればタランチュラの毒はさほど強くはなく、噛まれて死んだ人はいないのだそうだ。とりあえず鎮痛剤を打たれ何だか分からない薬を飲まされたぼくは、まだ半泣きのままソファで丸くなった。

「キイチたちが来たぞ」

キイチさんはチョコにたいした毒がないのを聞くと、「何だよ」と呆れながらさっさと事務所の横にある駐車場へ車を取りに行った。マキさんにいたっては、まるで大騒ぎしたぼくが悪いみたいに、蔑《さげす》んだ目で睨みながら舌打ちしていた。いつかチョコを手懐《てなず》け同じ目にあわせてやろうと思ったが、もうクモは見るのも嫌になっていた。

ぼくはやけに重い体をゆっくりとソファから起こして部屋を出た。廊下を抜けて店に入ると、カウンターの中にいるニナと目が合った。

ニナは心配そうな顔で、

「大丈夫？」

と言った。翼が生えたみたいに、突然体が軽くなった。

「もちろん」

魔法だ。恋の魔法が発動したのだ。

見るのも嫌だったチョコが、天使みたいに思えてきた。ぼくはスキップでもするように軽々と店の扉に向かった。

君鳥さんに見送られ建物を出ると、車の前で待っていた二人が気味悪そうに見つめてきた。

「何で笑ってんだよ」

「きっと毒が脳に回ったのね」

ひそひそと話す二人を無視して、ぼくは車の後部座席に乗り込んだ。助手席に座ったキイチさんが、眉をひそめながらバックミラー越しにちらちらとぼくを見ていた。

二十分もしないうちに、車は静かな住宅街の中で止まった。意気揚々と車を降りて古そうな二階建てのアパートを見上げるぼくに、「ほんとに大丈夫なのかよ」とキイチさんが声をかける。

「もちろんです」

それが恋の魔法ではなく注射と妙な薬のおかげだと知ったのは、ずいぶんあとのことだった。

手すりの錆《さ》びた外階段を上り二階にある角部屋の前に立つと、キイチさんはその薄そうなドアを軽くノックした。

「開いてるよ」

という声が中から聞こえ、ぼくたちは部屋へ入った。

脂っぽい髪の太った男が敷きっぱなしの布団に座り、壁際にあるパソコンのモニターを眺めていた。体重はおそらく百キロを超えているだろう。はちきれそうなグレーのTシャツには汗がにじんでいた。しめ縄でも巻いていれば、ありがたい岩かと思ったかもしれない。

「鍵くらい閉めておけよ」

キイチさんは床に散らばっているお菓子の袋を足でどけながら部屋の中へ進み、布団の上に腰を下ろした。

「盗られるものなんてないし」

男は銀縁の分厚いメガネを指で押し上げ、首に掛けた水色のタオルで顔を拭いながら鼻で笑った。

確かに男が言うとおり、六畳ほどの部屋に金目のものは何もなかった。あるのは山積みになったカップラーメンと、床を埋めるほどのお菓子だけだった。

「ちょっとマキさん、靴は脱いでよ」

そのまま入ろうとしていたマキさんに男が言う。マキさんは面倒くさそうに玄関でブーツを脱ぎ始めた。

で、サイコメトラー咲也はどこに？

「咲也、見てもらいたいものがある」

……やっぱりこの人が。

靴を脱ぎ終えてようやく入ってきたマキさんが、床にあったせんべいの袋をバリッと踏む。

「あ、ごめん」

「絶対わざとだよ」

咲也さんは口を尖らせながら袋を取り上げ、心配そうに中身を調べ始めた。

「それより、何なのそいつ」

つり上がった細い目で咲也さんがちらっとぼくを見る。

「新しく入った瞬だ」

「そうじゃなくてさ」

咲也さんはキイチさんに視線を移し、

「そいつ、代償を消せるんでしょ」

と驚いた様子もなく言った。

「さすがだな」

「キイチさんたちが来るちょっと前から、急に食欲が消えたからね」

「よかったな」

「で、どれくらいもつの？」

「いるあいだはずっとだ。代償だけじゃなくて能力もな」

咲也さんが驚いた顔をする。

「ただいるだけでってこと？」

「ああ」

「じゃあ本人にその自覚は」

「まったくない」

「よく殺されなかったな。組織にしてみれば、生かしておいたらけっこうまずいんじゃないの」

「いえ、殺されかけました」

ぼくは勝手に袋を開けてせんべいを食べ始めているマキさんを横目で睨んだ。マキさんはしれっとした顔で目すら合わせようとしなかった。

「まさか、キイチさんたちにやらせようとしたの？」

咲也さんがふっと笑う。

「とりあえず様子を見に行かせたってわけだ。上もまさかそんなやつが本当にいるとは思わなかっただろうし。もし本気で殺そうと思ったら、最初からピギーにやらせてただろうからね」

「じゃあ、ぼくを殺すつもりはなかったんですか？」

「村井さんに一任したってところだな」

「一任、ですか」

「ああ見えて村井さんは、けっこう上から信頼されてるんだ」

いいや、マキさんはもちろん、村井さんもかなり本気の殺意を持っていた。マキさんは相変わらずしれっとした顔で、そんなことなどもう忘れたかのようにバリバリとせんべいを食べていた。

「キイチさんがそいつを見つけたんでしょ」

「何で分かった？」

「代償も能力も消えてることがすぐに分かる人はそういないから」

はっと顔上げて、ぼくはキイチさんを睨んだ。キイチさんはぎこちない笑みを浮かべ目をそらした。

「いや、まさか殺すなんて話になるとは思わなかったからな」

あんな恐ろしい目にあったのは、全部キイチさんのせいだったのか。ぼくは苛立ちながらマキさんの開けたせんべいの袋を奪ってかじりついた。

そのとき、咲也さんの顔からすっと笑みが消えた。

「内海さん、死んだの？」

マキさんの手が止まる。

「聞いたのか？」

キイチさんが静かな声で尋ねると、咲也さんは首を横に振った。

「電話があったんだ」

「内海からか」

咲也さんがうなずくと、キイチさんとマキさんは顔を見合わせた。

「二日前、もし自分に何かあったらキイチさんたちがここに来るだろうから協力してやれってね」

内海さんは自分の身に危険が迫っていることを知っていたのだ。

「他に何か言ってた？」

マキさんが尋ねる。

「何を調べてるのか聞いたけど、お前は関わるなって」

咲也さんはそう答え、ふっと笑った。

「協力してやれって言ったり関わるなって言ったり、どっちなんだよ」

それを聞いたキイチさんとマキさんも、目を伏せたまま小さく微笑んだ。

内海さんはとても不思議な人だと思った。彼のことを話すとき、なぜかみんな優しい顔で笑う。

「ただ――」

と言って咲也さんが考え込むように視線を落とす。

「まだ詳しいことは分からないけど、俺たちは大きな思い違いをしているかもしれないって」

キイチさんが眉を寄せる。

「どういうことだ？」

咲也さんは何も答えず、ただ首を横に振った。やがて咲也さんは顔を上げ、天井を見つめながらため息をついた。

「いい人から先に死んでいくなんて、嫌な世の中だね」

「そうだな」

キイチさんは呟くように言った。

「俺やマキさんはきっと長生きするタイプだよ」

キイチさんはふっと笑った。

「で、何を見ればいいの？」

咲也さんが顔を向けると、

「一緒にしないで」

と言いながら、マキさんは紙袋に入れてあった日本人形を畳の上に置いた。

「嘘でしょ」

咲也さんが呆然と二人を見る。

「ちょっとでいいんだよ。手とか足とか」

「そんな簡単に言わないでよ」

「いまのところ手がかりはこれしかねえんだ。頼むよ」

咲也さんは苦い顔でしばらくそれを凝視したあと、あきらめたように大きくため息をついた。

「やってみるけど、期待しないでよ」

「いいえ、期待してるわよ」

マキさんは意地の悪そうな薄い笑みを浮かべた。憂鬱そうな顔をした咲也さんを残し、ぼくはキイチさんたちのあとについて部屋を出た。

アパートの前の狭い路地に止めてある車にもたれかかり、キイチさんはタバコに火をつけた。

「やっぱりあれを入れるのは無理なんじゃないの？」

マキさんが言うと、キイチさんは浮かない顔で腕時計に目をやった。

「入れるって、どこにですか？」

意味が分からずそう尋ねるとマキさんは表情を変えずに、

「肛門《こうもん》よ」

と答えた。

「……あの人形を？」

「そうよ」

なおさら意味が分からない。キイチさんは長くなった灰を落とし、ゆっくりと煙を吐き出した。

「咲也は物に残った記憶を、腸で読み取るんだ」

ぽかんとしながら話を聞いていたとき、キイチさんの携帯が鳴った。

「だめ、……もっと、離れて」

電話の向こうから、咲也さんの苦しげな声が聞こえてきた。キイチさんは苦い顔で電話を切った。街灯が点る真っ直ぐに延びた人気のない路地を、ぼくたちは無言のまま歩き続けた。

辺りをひと回りして部屋に戻ると、咲也さんはドーナツ型のクッションに座りパソコンのモニターを眺めていた。

畳の上には、あの日本人形が置かれていた。ぼくはマキさんが差し出してきた紙袋を何気なく手に取った。

「もう触っても大丈夫よ」

――やられた。

慌てて紙袋を突き返そうとしたが、マキさんはポケットに入れた手を頑《かたく》なに出そうとしなかった。

ぼくは人形をじっと見つめた。

咲也さんは一体どこを入れたんだ。手か、足か。まさか頭ってことは……。なるべく布の部分をつかみ、急いでそれを紙袋に投げ入れた。

「で、どうだった？」

キイチさんが腰を下ろしながら尋ねる。

「顔くらいしか分からなかったけど」

さっきまで人形のどこかを肛門に入れていた人とは思えないほど、咲也さんは涼しい顔で言った。

「見えたのは六人だったよ。そのうちの二人はマキさんと内海さんだね」

「ほかには」

「もう一人、知ってる人が見えた。一度しか会ったことないけど顔は覚えてるよ。その人形、赤石さんのだね」

二人は顔を見合わせた。事件を調べていて殺された、村井さんが『人形使い』と呼んでいた人だ。

「何で内海がそんなもの持ってたんだ」

「おそらく人形のどこかに赤石さんの血が残ってるんじゃない」

内海さんは血を追える能力を持っていたそうだ。ぼくは顔をしかめながら、紙袋の中を覗き込んだ。

「他の三人は見たことないの？」

マキさんが尋ねると、咲也さんは小さくうなずいた。

「一人は女だったよ。長い黒髪が顔を覆ってて、ちょっと気味の悪い感じだった」

まさか、それがアヤカだろうか。

「あとの二人はどっちも三十代くらいの男だったね。一人はほっそりとした柔和な顔をした男で、もう一人は黒縁のメガネをかけた彫りの深い男だった」

その三人のうちの誰かが、『人形使い』と呼ばれる赤石という人と内海さんを殺した犯人なのだろうか。

別荘で六人を殺した人物はいなかった。しかしそれを調べていた人たちが次々と消されている。犯人は、何を隠そうとしているのだろうか。

「それから、アヤカって知ってるか」

「いいや、聞いたことないけど。事件と関係があるの？」

「まだ分からないけどな」

キイチさんは咲也さんの肩をぽんと軽く叩き、

「ありがとな」

と言って立ち上がった。

「今度はもっと小さいものにしてよ」

咲也さんはそう言って、パソコンのモニターに顔を戻した。

ぼくたちは車に乗り込み、事務所へ向かった。

後部座席のシートにもたれ、窓の外を流れていく夜の街をぼんやりと眺めながら思った。腸で残留思念を読み取る男、サイコメトラー咲也——。

やっぱりぼくはだまされているのではないだろうか。

百歩ゆずって超能力がもし本当にあるのだとしたら、咲也さんはどうして、自分のその能力に気づいたのだろう……。

7

翌朝、肩の激痛で目を覚ました。

洗面台にある鏡の前に立ち、血の気が引いた。左肩がソフトボールの球を埋め込んだみたいに腫れあがっている。

慌てて君島さんからもらったアフリカの呪術師が処方したような薄茶色の粗い粉薬を、むせながらどうにか水と一緒に口の中へ流し込んだ。

……ぼくは、大丈夫なのだろうか。

袋の中に入っていた怪しそうな錠剤もすべて飲み、柔らかい粘土のような塗り薬をたっぷりと塗り終えたころ、ようやく痛みが治まり始めた。

とりあえず学校へ行くのはやめよう。

ただでさえまだ馴染《なじ》んでいないのに、こんな姿で行ったらきっとみんな引くだろう。知らないところで「ラクダ」とか変なあだ名をつけられてしまうかもしれない。憂鬱な気持ちでベッドに戻り、ぼくはまた布団をかぶった。

今日はずっと部屋にいるつもりだったが、どうしても確かめたいことがあり、昼近くなってとうとうベッドから出た。

パーカーを着てまた鏡の前に立つ。やはり左肩が妙に膨らんでいる。マフラーを巻いて隠そうかと思ったが、さすがにもうそんな時期ではない。仕方なくそのまま部屋を出て、人気のなさそうな道を選んで事務所へ向かった。

事務所に着きドアを開けると、マキさんが一人でソファに座って事件の資料を眺めていた。

マキさんはぼくの肩を見るなり、

「気味悪いから近寄らないで」

と血の通った人間とは思えないような言葉を吐いてデスクへ向かった。後ろから擦り寄って背中に貼りついてやろうかと思ったが、マキさんなら腫れた肩をボールペンで刺しかねないのでやめた。

「そんな体でわざわざ来なくていいのに」

まさか、心配してくれているのか。

「て言うか、むしろ来ないで」

……やっぱり後ろからべったりと貼りついてやろうか。

棚に並んだファイルを二、三冊抜き取ってソファに座ると、マキさんが怪訝そうな顔をした。

「何してるの?」

「ちょっと調べたいことがあって。キイチさんは？」

「朝から出たままよ。内海が立ち寄ってそうなところを回ってるみたい」

マキさんはデスクの椅子に座り、事件の資料に目をやりながら言った。

「そうですか」

ぼくはマキさんをじっと見つめた。

「ねえ、マキさん……」

「なに？」

そう言って視線を上げたマキさんの顔が、次第に険しくなった。

「まさか、告白でもする気じゃないでしょうね」

「は？」

「初めて会ったときからずっと好きでしたって」

「……絶対にありません」

初めて会ったとき自分が何をしたのか覚えているのだろうか。銃で頭をぐりぐりした女にキュンとなるわけがない。

「内海さんて、どんな人だったんですか」

そう尋ねるとマキさんは一瞬驚いたような顔をしたあと、頬づえをついて資料に目を戻した。

「どうしたの、急に」

「とくに意味はないんですけど、何となくそう思って」

マキさんはゆっくりと体を起こし、椅子に座ったまま手を伸ばして窓を少し開けた。緩やかな風が部屋に流れ込み、長い髪が揺れた。

「そうね……」

しばらく考えたあと、マキさんは窓の外を見つめながら言った。

「まあ簡単に言えば、普通ってところね」

「普通……、ですか」

「そう、普通。『ほめられもせず苦にもされず』って感じ」

懐かしそうにマキさんが微笑む。

「でも、わたしは内海に会うたびにいつも思ってたわ。普通ってこんなにすごいことなんだって」

そう言ってマキさんは、また資料を読み始めた。

よくは分からないが、きっとマキさんにとって内海さんは大切な人だったのだろう。

ぼくはソファの背にもたれ、ひざに乗せたファイルを開いた。

日付をさかのぼりながらファイルをぱらぱらとめくっているとき、

「瞬が来てるのか?」

と言ってキイチさんが入ってきた。

キイチさんは腫れた肩を見て眉をひそめた。

「大丈夫なのかよそれ」

「ええ、まあ。見た目ほどではないです」

ぼくは文字を目で追いながら答えた。

「何か分かりましたか？」

「いいや」

ため息をつきながらキイチさんがどっかりとソファに腰を下ろした。

ファイルに書かれた字を目で追っていると、キイチさんがデスクに手を伸ばしティッシュペーパーを五、六枚引き抜いた。それを硬く丸め、ぼくに放る。

「右肩に入れてみろよ」

「これをですか？」

キイチさんがうなずく。ぼくは言われるまま、それを右の肩に入れてみた。キイチさんは腕を組みながら左右の肩を見比べた。

「そのほうがいいな」

「そうね。肩パッドに見えなくもないわよ」

楽しんでる。明らかに二人はぼくの肩で楽しんでる。

憤慨しながらティッシュを脇に投げ、またファイルをぱらぱらとやり出したとき、ようやく探していた箇所を見つけた。

「あった」

開いたファイルをテーブルに置くと、キイチさんが顔を寄せてきた。

「ここ見てください」

ぼくは『部屋にあった日本人形が逃走した』と書かれた箇所を指さした。

「これがどうかしたのか」

「もしかして、これってその人形のことじゃないですか？」

キイチさんは棚に置かれている日本人形に目を向けた。

「あと、これなんですけど」

ページをめくり、『髪の長い女が日本人形を持って夜の街を徘徊していた』と書かれている箇所をさす。それは最初にここへ来た日にぼくが受けたものだ。マキさんはデスクを回りテーブルのそばへ来てファイルを覗き込んだ。

そのときのことはいまでもよく覚えている。電話をかけてきたのは、やたらと早口でしゃべる五十代の女性だった。

幽霊か何かだったのか尋ねると、「違うわよ、ちゃんと足もあったし。あれは間違いなく人だったわ、確かにこの目で見たんだから」とまくしたてた。

なら超現象じゃないだろうと思ったが、話がややこしくなりそうだったので黙って聞いていた。

　女性の話によると周囲が暗く、顔までは見えなかったらしい。

「大柄で長い髪をしていたそうですが」

　ファイルに書かれた内容を目で追っている二人に、ぼくはずっと気になっていたことを口にした。

「これって女の人じゃなくて、内海さんだったんじゃないでしょうか」

　二人は同時に顔を上げた。

「どういうこと？」

　マキさんが言う。

「咲也さんが言ったように、もしその人形に赤石という人の血が残っているんだとしたら、殺されたとき人形はその場にあったってことですよね」

　キイチさんは立ち上がって人形を手に取った。

「おそらくな」

「人形を見つけ出した内海さんは、あえて人目につくように持ち歩き、犯人が接触してくるのを待ってたんじゃないでしょうか」

　キイチさんは考え込むようにあごのひげに手をやった。

「ありえるわね」

マキさんはファイルを見ながらすぐに受話器を取った。

「調べてみるか」

キイチさんが人形を戻し、ぼくの頭に手をやった。それを見たマキさんが、なぜかニヤッと笑っていた。

とりあえずソファにあった例のティッシュを右肩に入れ、事務所を出て車に乗り込んだとき、ぼくはふとその意味に気づいた。

咲也さんの部屋から持ち帰ったあと、誰もあの人形を拭いていない……。

8

人形が逃げ出したという電話をかけてきた女性は、小さな四階建てのマンションの一階に住んでいた。

マキさんの話によると、二十歳の大学生で名前を黒百合美姫《くろゆりみき》と言ったそうだが、入り口にある銀色の郵便受けには『吉田《よしだ》』と書かれていた。

キイチさんがインターホンを鳴らすと、中から足音が聞こえ、やがてゆっくりとドアが開いた。

わずかな隙間から黒髪に覆われた青白い顔がぬっと出てくる。

思わず悲鳴を上げかけたとき、マキさんに後ろから頭をはたかれた。しゃっくりを止められたみたいに、ぼくはその悲鳴をのみ込んだ。

「どうぞ」

黒百合美姫は無表情のままぼくたちを招き入れた。

部屋の中を見て再び上げそうになった悲鳴を、マキさんにはたかれる前に何とかのみ下した。

何十体もの日本人形が棚や床に並び、それがすべて壁の方を向いていた。顔を引きつらせていると、黒百合美姫は薄い笑みを浮かべた。

「気をつけてくださいね。目を合わせると、連れて行かれますよ」

……どこへだ。

「幽霊やＵＦＯや超能力は信じてないんでしょ」

マキさんは皮肉っぽくそう言いながら、荒々しく床の人形をどかして平然と腰を下ろした。

どうか連れて行くなら、先にこの女を連れて行ってください。人形と目を合わせないようにして、ぼくはキイチさんに寄り添うように座った。

長い黒髪が顔を覆い気味の悪い感じ。あのとき咲也さんが言っていた女性と酷似している。

「この人に間違いなさそうですね」

レースのついた黒い服を着ている彼女を、ぼくはキイチさんの肩越しにチラチラと見つめた。

「そうだな」

キイチさんは小声で答えた。

「人形が逃げ出したそうですが」

さっそくキイチさんが尋ねると、彼女は「ええ」と静かに答え、目を伏せた。

人形が消えたのは、午後十時ごろからコンビニへ行って帰ってくるまでのあいだだったそうだ。ドアの鍵は確かにかけたと彼女は言った。

「開けられた形跡はありませんでした。出かけるときはいつも下のほうの隙間に紙を挟んでおくんです」

口元が微《かす》かに笑う。

「もし誰かが開けていれば、紙は落ちているはずですからね」

なぜそこまでする必要がある。もしかして彼女もスパイか？

「密室から人形が消えた……」

とりあえずあごに手をやりながら言ってみたが、いまひとつ盛り上がらない。

さんざん超能力の話を聞かされてきたせいだろう。何かの能力があれば、きっとそんなこともできるのだろうと、どこかで思ってしまう。

「おそらく前の持ち主を探しに行ったんでしょう。ずいぶん大切にされていたようですから」

「前の持ち主をご存知なんですか」

驚いて尋ねると、彼女はうなずいた。

「残念ながら、もう亡くなっていますが」

キイチさんとマキさんが顔を見合わせる。まさか、彼女にも特殊な能力があるのだろうか。

「前の持ち主は少女です。病を患い海辺の病院で療養していましたが、半年前に他界しました」

持ち主は少女ではなく赤石さんのはずだ。ちょっと話が違うような気が……。

「わたしには見えるのです、この子たちの悲しい記憶が」

彼女はそう言って部屋の中の人形を見回した。

「それに、密室ではありません。窓は開いていましたから」

「……は？」

ぼくはきょとんと彼女を見つめた。

「この子たちは湿気に弱いので、たいてい窓は開けています」

……なるほど、謎はすべて解けた。ようするに、内海さんが窓から忍び込んで盗んだわけだ。

ぼくは二人を交互に見た。

キイチさんはうなだれながら、こめかみの辺りを指で揉んでいた。マキさんはすっかりしらけた様子で、ベルトの太い腕時計にちらちらと目をやっていた。

キイチさんはぼくを肘でつつき先を促した。

「で、その盗まれた人形は――」

「逃げたんです」

彼女がぴしゃりと言う。髪の隙間から見える目が、じっとこちらを睨んでいた。

面倒くさいところに来てしまった。

前の持ち主は少女じゃないし、窓が開いていればぼくにだって盗めるし、そもそもドアに対する執拗《しつよう》なまでの警戒心は何なんだ。

そう喉元まで出かかったが、あとで事務所に猫の死体でも送りつけられたらいやなので、ぐっとのみ込んだ。

ぼくは引きつった笑顔で、

「その逃げた人形はどこで手に入れたのでしょうか」

と尋ねた。

するとと彼女は、ニヤッと不気味な笑みを浮かべた。

「そこはこの世の怨念が集まる禍々《まがまが》しい場所。足を踏み入れればきっと災いが起こるでしょう」

彼女は近くにある人形の頭を撫でた。

「それでも知りたいと？」

「……ええ、まあ」

災いならいつも起こっている。突然彼女が立ち上がり、いまも半分ほど開いている窓の外に目を向けた。

「ではお行きなさい、それがあなたの運命なのだから」

今度は何が始まったのだ。

いちいち動揺しているぼくの横で、キイチさんとマキさんはいつものことのように平然としていた。きっと『超現象調査機構』などというものを長くやっていると、このての人には慣れてしまうのだろう。

「で、その場所というのは？」

そう尋ねると、彼女は顔を戻してじっと見下ろしてきた。

「屍堂《しかばねどう》です」

また面倒くさそうなにおいが、ぷんぷんした。

9

「ほんとに困っているんですよ」

新築のアパートやコインパーキングが並ぶ静かな住宅街に、そこだけ昔のまま時間が止まっているかのように、古めかしい骨董屋《こっとうや》がぽつんとあった。

おそらくこの店内も、長い間変わっていないのだろう。木製の棚には高価そうなランプやオルゴールなどが、むき出しのまま無造作に置かれていた。

白いシャツにグレーのカーディガンを着た若い店主は、キイチさんの話を聞き終えるとそう言って深いため息をついた。

ふと見ると、小さなレジのある台の横には『屍堂様』と書かれた封筒が山積みになっていた。

鹿羽明彦《しかばねあきひこ》は四代目の店主だった。

祖父が始めた店を父が引き継ぎ、その父が亡くなったとき店を閉めようと思ったのだが、骨董好きの妻がどうしてもと言って店を引き継いだのだそうだ。その妻も二年前に亡くなったのだという。

「商品がすべてなくなったら店を閉めようと思っていたのですが、なかなかやめさせてくれなくて」

妻が亡くなったあとも不思議と物が集まるのだと、店主の鹿羽さんは少し困惑したように言った。

しかしその商品がいわくつきの物ばかりだと骨董マニアのあいだで噂《うわさ》になり、それがネットで広がると『鹿羽堂』はいつのまにか『屍堂』と呼ばれ、その名前から呪いの代行も引き受けるという話にまで膨れ上がっていったそうだ。

「毎日こういうものが届くようになってしまって」

鹿羽さんは困り果てたように、黒縁のメガネを指で押し上げながら封筒の山を見つめた。

咲也さんが見たのは、間違いなく鹿羽さんだ。

「吉田さんは日本人形を収集しているようで、たまに店を覗きに来るんですよ」

黒百合美姫というのはペンネームだそうだ。同人雑誌で漫画を描いているらしい。

「読んだことはありませんけど。何だか怖そうだから」

鹿羽さんはちょっと苦笑いしながらそう言った。

店内の商品をぶらぶらと眺めていると、手にしたタブレットと壁の掛け軸を見合わせていたマキさんが、

「じっとしてたほうがいいわよ」

と声をかけてきた。

「どうしてですか？」

そう答えたと同時に、ぼくは何もないところでつまずいた。手を伸ばした先には、壺があった。

壺は棚から転げ落ち、「あっ！」と声を上げたときにはもう、ガシャンと音を立てて足元で砕けていた。

「すみません！」

慌ててかがみ込み、無駄だと分かっていながらも、あたふたと欠片《かけら》をつなぎ合わせようとした。

「危ないから触らないようにね」

箒《ほうき》とちりとりを持った鹿羽さんが、穏やかにそう言って隣にかがみ込む。

「本当にすみません。弁償します」

と言ったぼくの頭をマキさんがつつき、壺があった棚を指さした。

立てかけられた値札には、三十万円と書かれていた。

さっと血の気が引き、床がぐにゃっと柔らかくなったようにぼくはその場にへたり込んだ。

「気にしなくていいよ。本当はぼくにもこれの価値がよく分からないんだ」

鹿羽さんが微笑む。久しぶりに人の優しさに触れたぼくは、号泣しそうになった。

「それにしては妥当な値付けをされていますね」

マキさんがタブレットを見ながら言う。

「妻がやっていたときに働いていた知人が、いまも値付けだけはしてくれるので」

話はほとんど耳に入ってこなかった。あっさりと片付けられていく三十万円に胸を痛めながら、ぼくは肩を落とした。

「ところで、あの人形はどこで手に入れたのでしょうか」

一つ欠けたマトリョーシカを元に戻しながらキイチさんは尋ねた。

「じつは、拾ったものなんです」

鹿羽さんは言いにくそうに答えた。

早朝、いつものように近所を散歩していたとき、なぜかふと別の道に入ってみようという気になったそうだ。

ほとんど通ったことのない道を歩いていた鹿羽さんは、ゴミ置き場に捨てられていた人形を偶然見つけ、そのまま店に持ち帰ったという。

「そういうのはあまり信じていないんですけど、何だかその人形に呼ばれたような気がして」

店にあった人形を黒百合美姫が見つけ、どうしてもと言われタダ同然の値段で譲ったのだそうだ。

「でも、なぜあの人形を？」

鹿羽さんが尋ねる。

「ちょっと調べていることがありまして」

キイチさんは曖昧に答えた。

「もしかしてあの人形の持ち主をご存知なんですか？」

「ええ、まあ」

「そうでしたか。すみません、勝手に売ってしまって」

「いえ、かまいませんよ。捨てられていた物ですし」

箒とちりとりを置き、鹿羽さんはレジの下にある引き出しを漁り始めた。

「では、もしその方に会ったらこれを」

そう言って鹿羽さんはキイチさんにメモリーカードを差し出した。

「人形の帯のところに入っていたんです。中は見ていません。どうしようか迷っていたのですが」

キイチさんはぼくとマキさんに目をやりながら、そのカードを受け取った。

「お預かりします。来たかいがありました」

「それは良かった」

鹿羽さんはにっこりと微笑んだ。

店を出ながらマキさんが、

「壺の代金は働いて返させますから」

と後ろからぼくの頭を小突いた。

「じゃあ暇があるときに、店の掃除でもしてもらおうかな」

そんなことで許してもらえるならいくらでも掃除する。『超現象調査機構』より、むしろこっちに転職したいくらいだ。

ぼくは後ろ髪を引かれながら、鹿羽堂をあとにした。

「どうするのキイチ。一応村井さんに報告する？」

「いや、別にいいだろ」

ぼくは二人を眺めた。

「どういうことですか？」

マキさんは横目で見ながら、

「おそらくあの男も能力を持ってるわ」

と言った。

「え、鹿羽さんがですか？　まさか」

ぼくは眉を寄せながら店のほうを振り返った。

「いわくつきの物が集まってのは、まんざら嘘でもなさそうだな。きっとそういう物を呼び込む力を持ってるんだろう」

「ちなみにあんたが割ったのは、持ち主が代々不幸な死を遂げていると言われる有名な壺よ。そんなもの割ったら、一体どうなるのかしらね」

マキさんは意地悪そうな笑みを浮かべて言った。

やっぱりこっちより鹿羽堂がいい。そんなことを思いながら歩いているとき、ふと超能力があることを前提にずっと考えを進めていた自分に気づき、茹《ゆ》で死ぬカエルの話を思い出した。

熱湯に入れられたカエルはすぐに跳んで逃げ出すが、水から沸かした湯の中にいるカエルは、気づかずにそのまま茹でられてしまうというものだ。

ぼくはまだ超能力らしきものを一度も目にしていない。それでもこの奇妙な世界がいつのまにか当たり前のようになっている自分は、もしかしたらもう茹でられ始めているのかもしれない。

第三章　東京怪奇　―*THE HERMIT*―

1

メモリーカードに入っていた十数枚の画像に映っていたのは、どれも窓ばかりだった。ベランダはなく、手すりのついた窓の隅には白いカーテンが寄せられていた。

学校か、それとも何かの施設か――。

ぼくは腕を組みながらパソコンのモニターを凝視した。

「これだけじゃ分からねえな」

キイチさんは頭をかきながらデスクから離れ、ソファに腰を下ろした。マキさんはマウスでカチカチと画像を切り替え、手がかりになりそうなものを探していた。

人形の帯に入っていたということは、赤石さんのものに間違いない。しかしこれで事件の真相や犯人が分かるかもしれないという期待は大きく外れた。

「どうしますか?」

あきらめてソファに身を投げると、二人は意味ありげに顔を見合わせた。

「行くしかねえか」

キイチさんが苦い顔で頭をかく。

「大丈夫なの？」

「他に方法はないだろ」

「別にわたしはいいけど」

マキさんは冷たい笑みを浮かべた。

「キイチは下手したら殺されるかもね」

「……まあ、普通に行っても入れてはくれないだろうな」

キイチさんはため息をつき、ポケットから携帯を取り出して電話をかけた。

「君島、用意してほしいものがある」

話を続ける横でぼくはマキさんに、

「どこへ行くんですか」

と小声で尋ねた。

「楽しいところよ、かわいい女の子もいっぱいいるわ」

笑顔にまったく感情がこもっていない。

そんな見え透いた嘘にそうそうだまされるわけがない。どう考えても恐ろしいところに決まってる。ぼくは絶対に行かない。

「ああ、瞬がいれば何とかなるかもな」

……すっかり行くことになっている。ソファに当たり散らしながら、今度村井さんに会ったらぜったいに時給を上げさせてやると心に誓った。

電話を切ったキイチさんは、笑顔の張り付いたマキさんと怒り狂うぼくを見ながら、

「どうしたんだお前ら」

と戸惑うように呟いた。

陽が落ちて賑わい始めた繁華街を過ぎると、人気のない通りを君鳥さんが歩いてくるのが見えた。

「よう瞬、大丈夫か？」

君鳥さんはようやく腫れが引き始めた肩を見ながら言った。

「ええ、まあ」

「そりゃよかった」

他人事のように笑いながら、君鳥さんは手に提げていた黒いカバンをキイチさんに差し出した。

「けっこう苦労したんだぞ」

「悪いな、請求書は村井さんに回してくれ」

「本当に行く気か、キイチ」

「仕方ないだろ」

「知らねえぞ俺は」

ぼくはキイチさんからカバンを受け取った。

「気をつけろよ瞬、せいぜい巻き添えをくわないようにな」

君鳥さんが心配そうに言う。

「あと、それを割ったら三か月はタダ働きだぞ」

「え！」

カバンの中を見ると、緩衝材に包まれたワインボトルが入っていた。

そんな高価なワインをどうするつもりなのだ。ぼくはカバンを肩にかけ、しっかりと抱え込んだ。

「あいつによろしくな」

不安げな笑みを浮かべている君鳥さんに見送られながら、ぼくたちは繁華街のほうへ引き返した。

「先に行って鍵を開けておく」

キイチさんはそう言って人込みの中に消えていった。ぼくとマキさんは一階にゲームセンターの入ったビルの前で待った。

「本当はどこへ行くんですか」

「だから、かわいい女の子がいっぱいいて」

「もういいです」

グーで殴ってこのまま全力で逃げてやろうかと思ったが、この人ならダッシュで追いかけてきて街中を引きずり回しかねないのでやめた。

しばらくしてマキさんの携帯が鳴った。

「分かったわ」

携帯をポケットにしまうと、「行くわよ」と言ってマキさんは人のなみに逆らうようにして歩き出した。ぼくは小走りでそのあとを追った。

すれ違う人と肩がぶつかるたび、「すみません」と頭を下げながら必死について行くと、やがてマキさんはビルの隙間にすっと姿を消した。

二メートルもない道幅の細い路地を、マキさんは赤いスプリングコートのポケットに手を入れたまま歩いていた。

雨も降っていないのに湿っている黒々としたアスファルトを、大通りから差し込む電飾が照らしている。両側の建物に並ぶ扉の前には、薄汚れた青いポリバケツがいくつも置かれていた。

換気口から流れ出す煙と、路地に漂う生ゴミの臭いが混ざり合って鼻の奥を刺す。吐き気をこらえ油の浮いた浅い水溜《みずたま》りを避けながら歩いていると、足の下で何かがプチッとはじけた。

そのとき、顔の前を黒い影がさっと横切った。

とっさに首をすくめ、驚きながら影を目で追うと、壁には親指ほどもあるゴキブリが張り付いていた。

足元を見ると、同じようなでかいゴキブリがうようよと這い回っていた。ポリバケツの横には丸々としたネズミの屍骸《しがい》も転がっていた。

ぼくは思わず口元を手で押さえ、うろたえながら爪先立ちでマキさんを追った。

少し先にある扉の前で、マキさんが待ちくたびれたような顔をして立っていた。

「ゴキブリ踏んじゃいました」

半べそをかきながらそう言うと、マキさんは呆れた様子でさっさと扉を開け中へ入って行った。

中はどこかの厨房だった。

中華包丁を持った白いコック帽の太った男が、ぼくたちに気づいて中国語で怒鳴り出した。ポケットから出したマキさんの手に銃が握られているのを見ると、男は慌てて道をあけた。

まな板の上でぶつ切りになっているシーラカンスみたいなでかい魚を横目で見ながら小走りで厨房を抜けようとしたとき、ぼくは落ちていた魚の頭をグシャっと踏んで後ろに倒れた。

カバンをしっかりと抱えながら、ぬるぬるしたタイル張りの床に慌てて手をつく。

調理場にいた数人の男たちが、中国語で何か言いながら笑っていた。

生臭くなった手をズボンで拭い、泣きそうになりながら半透明のビニールカーテンを払いのけてマキさんを追った。

ひんやりとした部屋の棚には肉の塊が並んでいた。

棚の中央には目を閉じた豚の頭が置いてあった。マキさんは大股でその前を横切り、奥にある鉄の扉に手をかけた。

扉はあっさりと開き、ぼくたちはその先にあるコンクリートに囲まれた狭い廊下を進んだ。

階段を上り下りし、迷路のような廊下を歩き続けた。

ところどころにある扉の鍵はすべて開いていた。ようやく明るい廊下に出ると、突き当たりのドアの前でキイチさんが銃を構えて待っていた。

二人は顔を見合わせたあと、息を切らしたぼくに目を向けた。

「しっかり持ってろよ、瞬」

やっぱり嘘だった。かわいい女の子なんて一人もいなかった。

まだ息を上げているぼくのことなどまったく気にせず、二人は勢いよくドアを開けて中へ踏み込んだ。

テーブルを囲んでいる四人の男が驚いて顔を向けた。

キイチさんは手前にいた男の襟首をつかんで床に引き倒した。彫りが深く浅黒い顔をした男たちが何語か分からない言葉でわめき散らす。きつい香水のにおいが鼻をついた。

「うるせえな」

キイチさんは面倒くさそうにそう言って、うつ伏せに寝かせた男の後頭部に銃を突きつけた。

「おい、静かにしねえとこいつの頭が吹っ飛ぶぞ」

わめき続ける男たちに、銃を向けたマキさんが何語か分からない言葉で叫んだ。興奮していた男たちがようやく黙り、ゆっくりと手をあげた。

キイチさんは天井の隅にある監視カメラを見ながら、

「さっさと出てこいよ、床がこいつの脳ミソで汚れちまうぞ」

と言った。

「お前、こんなことをしてただで済むと思うなよ」

うつ伏せになった男が首をねじるようにしてキイチさんを見上げる。

「何だよ、日本語話せるんじゃねえか」

ぼくはカバンをしっかりと抱え、怯えながらその様子を眺めていた。

しばらくして、奥の扉がゆっくりと開いた。扉の前には黒いスーツを着た二メートル近くありそうな坊主頭の男が、険しい顔で立っていた。

「もういい、下がってろ」

男が低い声で言う。

「遅えよ、藤巻《ふじまき》」

キイチさんはその大男に薄い笑みを向けたあと、

「悪かったな」

と言って床にいる男を立たせた。男は軽くズボンを払い、

「気にするな、こっちも無駄な殺しをしなくてすんだ」

と流暢《りゅうちょう》な日本語で言いながら、手のひらに隠し持っていた薄い奇妙な形のナイフを袖口にしまった。

2

ぼくたちは大男のあとに続き、エレベーターに乗って最上階へ向かった。

「いくらお二人でも困ります。何かあっても責任は取れませんよ。彼らはピギーより

も安い金で簡単に人を殺しますから」

「どうせまともに来たって入れてくれねえだろ」

「それはそうですが……」

「瞬、こいつは藤巻だ」

「どうも」

そう言って頭を下げると、藤巻さんは礼儀正しく頭を下げ返した。

「前はわたしたちの事務所にいたのよ」

「え！」

驚いて顔を向けると、「何の役にも立ちませんでしたが」と藤巻さんは少し照れくさそうに言った。

「そんなことねえよ、なあマキ」

「ゴキブリを踏んで半べそをかくやつよりは、ずっとマシだったわね」

やっぱりグーで殴ってやろうかと思ったが、肘を曲がらないほうに曲げられそうなのでやめた。

「藤巻は食ったものの材料が全部分かる能力を持ってるんだ。それでここの護衛に回されたってわけだ」

「何が入ってるのか、食べただけで全部分かるんですか」

「ああ、レストランでも開けば大儲けできそうだけどな」

「いや、作るほうはさっぱりで」

藤巻さんは苦い顔で言った。

「お二人には感謝してます。もちろん村井さんにも。こんな俺の面倒を見てくれたんですから」

マキさんが鼻で笑う。

「相変わらずね、藤巻」

「いまどき真面目が取り柄ってやつは、そういねえぞ」

キイチさんは藤巻さんの肩をぽんと叩いた。

扉が開くと、絨毯《じゅうたん》の敷かれた長い廊下が続いていた。奥にあるドアの前には、下にいたのと似たような男が二人立っていた。

キイチさんとマキさんはその二人に銃を渡した。

一人の男がぼくの持っていたカバンを覗き込み、驚いたようにもう一人の男を呼んだ。二人は目を丸くしながら中のワインボトルを見つめていた。

「お前、死にたいのか」

一人の男がそう言ってニヤニヤと笑う。わけが分からないので、とりあえずぼくも笑っておいた。

所持品をすべて調べ終えると、藤巻さんが不安そうな顔でドアを開けぼくたちを部屋の中に招き入れた。

広々とした部屋の中央に高級そうなソファが向かい合っていた。事務所にあるのとはずいぶん違う。

壁の両側にガラス製の棚があり、何十本ものワインボトルが整然と並べられていた。正面にある大きな窓の向こうには、クリスマスの装飾みたいな夜景が広がっていた。

ぼくはきょろきょろしながら二人のあとについて部屋の中へ入った。

「珍しい客だな」

白いボタンダウンのシャツを着たその男は、窓のすぐ手前にある大きなデスクに肘を乗せ、顔の前でしなやかな指を組み薄く微笑んでいた。

髪もまつ毛も白く、肌はなめらかな雪のようだった。そこだけがぼくたちのいるこの世界から切り離された、幻想的な物語の中に見えた。

「そんなに見るなよ」

赤みを帯びた目を向け、男は笑みを浮かべたまま言った。

「あ、……すみません」

慌てて顔を伏せ、ぼくはソファの端に小さく座った。

「珍しいか？」

「いえ、そういうわけじゃ……」

「アルビノの体は幸運と繁栄をもたらす薬になると言われている」

男は静かに言った。

「アフリカの一部ではいまだにアルビノの子供が腕を切断されたり、少女が舌や性器を切り取られたりしているそうだ。アルビノとセックスするとエイズが治るなんて噂まである」

男は鼻で笑い、さらさらとした前髪を指で軽く払った。

「で、何の用だ」

ソファで足を組んでいたキイチさんが、後ろに立っている藤巻さんにポケットから出したメモリーカードを渡した。

「この中に入ってる画像の場所がどこなのか知りたい」

男は高級そうな革張りの椅子の背に細い体をもたれさせ、

「分かった」

とあっさり言った。

「わざわざこんなところまで来てくれたんだ。三千万にまけておこう」

キイチさんはスーツの内ポケットに手を入れ、タバコを取り出した。

「要人の誘拐事件じゃねえんだ。そんな金、上が出すわけないだろ」

タバコをくわえようとしたとき、

「すみません、禁煙です」

と藤巻さんに言われ、キイチさんは渋々タバコを箱に戻した。

「なら交渉は決裂だ。帰ってくれ」

男が静かに言う。キイチさんはそう言われるのを予想していたような顔で立ち上がり、ぼくがしっかりと抱えていたカバンを手に取った。

「お前に土産があるんだ」

キイチさんは中からワインボトルを出し、緩衝材を取って男の前に置いた。男は興味深そうに、それをじっくりと眺めた。

「よく手に入れたな」

「ああ、苦労したぞ」

よくそんな嘘を。苦労したのは君島さんだ。電話を一本かけただけのキイチさんはワインが並ぶ棚を見回した。

「グラスと栓抜きは？」

「あるわけないだろ」

男が当然のように言う。

これだけワインがあるのにグラスがないのも不思議だったが、栓抜きでワインを開けようとしているキイチさんのほうがもっと不思議だった。

「持ってきてくれねえか」

キイチさんにそう言われ、藤巻さんは怪訝な顔をした。

「頼むよ、藤巻」

藤巻さんは戸惑うようにデスクにいる男を見ながら、部屋を出て行った。

しばらくして、栓抜きではなくワインオープナーとグラスを持った藤巻さんが戻ってきた。キイチさんはそれを受け取ると、不慣れな手つきでコルクを抜きデスクに置いたグラスにワインを注いだ。

「何の冗談だ」

男が眉をひそめる。

「冗談でこんなところまで来ると思うか？」

キイチさんはソファに座り、

「瞬、こいつはヒナギだ」

と言ったあと、ヒナギさんに視線を移しぼくをあごで示した。

「まだ紹介してなかったな。新しく入った瞬だ」

ぼくはぺこっと頭を下げた。

「そうか。で、これは？」

ヒナギさんは少し苛立ったようにグラスのワインを指さした。

キイチさんはタバコをくわえ火をつけた。藤巻さんが何か言おうとするのをヒナギさんが手で制す。

「瞬がいるところでは代償が消える」

そう言ってキイチさんが天井に向かって煙を吐き出す。

「三千万よりずっと価値があるんじゃない？」

マキさんが微笑むと、ヒナギさんは白い眉を寄せぼくを睨んだ。

沈黙が続いたあと、ヒナギさんは腰のあたりからシルバーの大きな銃を出しデスクに置いた。

「瞬だったな。お前にいいことを教えてやろう」

ヒナギさんが言った。

「俺はアルコールが少し入った料理を口にしただけでもぶっ倒れる。そういう代償だ。このワインを飲めば間違いなく病院行きだろう。もしかしたら死ぬかもしれない」

ヒナギさんは棚のワインを見回した。

「これは俺にとって毒みたいなものだ。だからこそ、こんなに惹かれるのかもしれないがな」

ヒナギさんはグラスのワインにじっと目を向けた。

「藤巻、もし俺に何かあったときはその銃で三人の頭を撃て」

「まさか、飲むつもりですか？」

藤巻さんが驚いて言うと、ヒナギさんは薄い笑みを浮かべキイチさんを指差した。

「俺はこいつに二度殴られたことがある。覚えてるよな、キイチ」

「……まあな」

キイチさんはずいぶんと苦い顔であごのひげを撫でた。

「一度目は仕方ない、殴られても当然だ。あのころは俺もまだ若かったからな。だが二度目は違う」

「だから、悪かったって言ってるだろ……」

キイチさんは肩をすくめ小さくなっていた。

「そのキイチがだ――」

ヒナギさんは怒りを鎮めるように大きく息を吐いた。

「笑えもしない冗談を言いにわざわざ会いに来るとは思えない。もしこれが本当なら、あのときのことは水に流してやる。だが嘘だったら」

ヒナギさんは藤巻さんに視線を移した。

「分かりました」

藤巻さんはデスクの銃を取った。

不安になってキイチさんとマキさんを見たが、二人は余裕のある顔で笑みを浮かべていた。

「いいから飲めって」

キイチさんが促すと、ヒナギさんは眉間にしわを寄せながらグラスを手に取ってゆっくりと口に近づけ、怯えたような目をちらっと向けた。

「あのときの詫《わ》びだ。俺からのプレゼントだよ」

匂いをかぎ、意を決したように勢いよくワインを口に含むヒナギさんを、藤巻さんが心配そうに見つめていた。

のどを鳴らしながらワインを飲み干すと、俯いたヒナギさんの肩が小さく震えた。

それを見た藤巻さんが戸惑いながらぼくたちに銃を向けたとき、

「大丈夫だ、藤巻」

とヒナギさんが言った。

「まさかこんな日が来るとはな」

ヒナギさんは肩を揺らして笑っていた。藤巻さんは驚いた顔でぼくを見た。

「グラスを用意してくれ。お前の分もな」

何度もこちらに目をやりながら部屋を出た藤巻さんは、グラスを乗せたトレイを持って戻ってくると、それをぼくたちの前に置きワインを注いだ。

「いいのか、まだ未成年なんだろ」

キイチさんが皮肉っぽく言う。

「いいんですよ。こんな機会、もう二度とないかもしれませんからね」

ぼくはその高価なワインを、啜るようにおそるおそる口に含んだ。苦くて重いアルコールの味がした。

これがぼくの三か月分……。一体誰がこんなものを飲んでいるのだ。

「おいキイチ」

ヒナギさんはグラスのワインを光にかざしながら、

「これは美味いのか？」

と真顔で尋ねた。

キイチさんは、「俺にワインの味が分かるわけないだろ」と言ってその高価なワインを一気に飲み干した。

ワインを一本空け、ぼくたちは正面の入り口を出てビルの前で待った。グラスに一杯しか飲んでいないのに、足元がふらつきチョコに噛まれた肩がまたズキズキと痛み始めた。

入ってきた路地はずいぶんと先にあった。どうやってここまで来たのか思い出そうとしたが、浮かんできたのはゴキブリやネズミの記憶ばかりだったのですぐにやめた。

しばらくしてキイチさんの携帯が鳴った。

「ヒナギからだ」

キイチさんは耳に当てた携帯を肩ではさみ、メモを取りながら話し始めた。

あの画像の場所が分かったのだろうか。だとしたらどうやって調べたのだろう。インターネットか？

ぼくはそれとなくマキさんに訊いてみた。

「ヒナギは写真や電話の向こうを見透せる力があるのよ。ちょっとした千里眼みたいなものね」

千里眼……。やっぱりそっちの話か。確かに咲也さんよりは、『超能力者』っぽい感じではあったが。

「場所が分かったぞ」

キイチさんは携帯と手帳をポケットにしまった。

足早に歩き始める二人を追いながら、この世界にはどれだけの『超能力者』がいるのだろうと、それればかり考えていた。

3

「何もこんな時間に行かなくたって」

後部座席の窓から、陽が沈みかけた空を眺める。

事務所を出てから一時間以上経ち、周囲もすっかり民家や緑の多いのどかな景色に変わっていた。

画像に映っていた建物は、東京の郊外にある平沢《ひらさわ》医院という場所だった。

そこはもう一年ほど前に閉院されていた。となると、いまぼくたちが向かっているのは『廃病院』ということになる。しかもこんな夕暮れに。

廃病院というのは陽気な男女がきゃっきゃ言いながら行くところであって、こんな無愛想な二人と行ったら、ただ怖いだけだ。ますます暗くなる空を眺めながら、ぼくは重いため息をついた。

「この辺りのはずよ」

助手席のマキさんが周囲を見回す。民家の明かりがぽつぽつと灯る道路の先に、木々に囲まれた明かりのついていない白い建物が見えた。

「あれだな」

キイチさんは速度を落とし、奥まった門の前に車を止めた。

「ぼく、ここで待ってます。何だか吐き気がするようなしないような……」

「いいから行くわよ」

マキさんはさっさと車を降り、肩の高さくらいある門を軽々と乗り越えて敷地内へ入って行った。

「じゃあ、瞬は見張りをしててくれ」

「行かなくてもいいんですか！」

「気分が悪いんじゃ仕方ない」

ほっとしながらシートにもたれると、キイチさんは車のエンジンを止めた。

「ただ、気をつけろよ。こういうとき、たいてい一人になったやつに何か起きるからな」

バックミラー越しに不気味な視線を向けながらキイチさんがぼそっと呟く。いまさら遅いが、来るんじゃなかった。

「……もう治りました」

ぼくは渋々車を降りた。

二階建ての診療所は、想像していた廃病院とはまるで違った。まだ一年しか経っていないせいか、明かりさえついていれば閉院しているとは思えないほどきれいだった。

「間違いないな」

画像を印刷した紙と薄暗い建物の窓をキイチさんが見比べているところへ、正面の入り口からマキさんが戻ってきた。

「中には入れないわね」

ぼくたちは建物に沿って裏へ回った。ずいぶん長いあいだやっていたのだろう。近くで見ると壁には小さなひびがいくつもあり、ところどころ黒ずんで老朽化しているようだった。

裏には渡り廊下でつながった一階建ての別棟があった。

別棟の向こうは緩やかな上り坂になっていて、その先に明かりのついた小さな一軒家が見えた。

二人に寄り添うように歩きながら周囲を見回していたとき、本棟の二階にある窓を黒い影が横切ったような気がした。

「キイチさん！」

ぼくは思わず声を上げた。

「いまあの部屋で何か動きましたよ」

キイチさんは持っていた懐中電灯を建物に向けた。這うように光が壁を上り窓に届く。しかしそこには、真っ暗な病室が照らされているだけだった。

マキさんの冷たい視線を感じた。

「いや、本当ですって。窓の向こうを人影みたいなのが」

別の窓にも光が向けられたが、変わった様子はなかった。

気のせいだったのだろうか。窓を見上げながら建物に近づこうとしたとき、

「何かご用ですか？」

と突然背後から低い声がして、ぼくは飛び上がった。

懐中電灯の光がさっと移った。振り返ると、そこには六十代くらいの男が光に手をかざしながら立っていた。

「あなたは？」

キイチさんの声から緊張が伝わった。マキさんがそっとポケットに両手を入れるのが見えた。

「病院のものです」

姿勢のいい白髪のやせた男が目を細めて言うと、キイチさんは懐中電灯の光を足元に落とした。

「失礼しました」

キイチさんが外交的な笑顔をつくる。マキさんは、おそらく銃が入っていたポケットから両手をゆっくりと出した。

「実はちょっとした取材をしに」

キイチさんが男に名刺を差し出す。

「出版社の方ですか」

「ええ、オカルト系の季刊誌を作っていまして。こちらで妙なものを見たという投稿があったものですから」

男は納得したようにうなずいた。

「最近、夜になると若い人たちがよく来るんですよ」

「そうでしたか。まあ廃病院というだけで、こういった噂がすぐに流れますから」

男は名刺をポケットに入れ、

「わたしはここの院長をしていた平沢といいます」

と穏やかに微笑んだ。

「あれは院長のご自宅ですか」

キイチさんが坂の上にある家を見上げながら尋ねる。

「ええ」

「ご家族の方も？」

「ずいぶん前に妻を亡くしまして、それからはずっと一人で」

院長は振り返り、明かりのついた自宅に視線を移した。

「勝手に入りすみませんでした。院長がこちらにおられると知っていれば、ご連絡をしてから伺ったのですが」

「そうしていただけると助かります」

落ち着いた低い声で院長は言った。

「今日はもう暗くなってしまいましたから、またあらためてお越しください。よろしければ中もご案内しますよ」

「分かりました。では後日うかがいます」

頭を下げ門に向かうぼくたちを、院長は柔和な顔で見送った。

「いい人そうでしたね、あの院長」

ぼくは歩きながら小声で言った。

「ああ。でもあの画像がここに間違いなければ、きっと何かあるはずだ」

「それにあんな名刺一枚で本当に信用したのかしら。またあらためてってことは、いま入られるとまずいわけね」

自分ならあんな名刺一枚で信用してしまったかもしれない。確かにぼくたちはぜんぜん出版社の方じゃない。

生きていくには、これくらい用心深くないとだめなのだろうか。

そんなことを考えながら正面の入り口辺りに回ったとき、「うぎゃっ」という奇妙な声とともに何かがどすっと地面に落ちる音が聞こえた。

二人は顔を見合わせ、すぐに建物の奥へ走った。

慌ててそれを追い入り口の先にある角を曲がると、手足の細い小柄な男が腰をさすりながら倒れていた。男はつり上がった小さい目で、驚いたようにきょろきょろとぼくたちを見回した。

「誰？」

マキさんの声と同時に男はさっと立ち上がり、建物の壁に飛びついて手足をしゃかしゃかと動かし始めた。

「あれ、あれ？」

どうやら、壁をよじ上ろうとしているようだった。

ここの患者か？　でもここは精神科じゃないし、とっくに閉院している。その奇怪な行動をあ然としながら眺めていると、キイチさんが呆れ顔でつかつかと歩み寄り、男を蹴り倒した。

「うぎゃっ」

男はまた声を上げて地面に転がった。すかさずマキさんが銃を向ける。男は「ひいっ」と言って頭を地面に擦《こす》りつけた。

「殺さないで、お願いします」

「尾《つ》けてきたのね」

「すみません、すみません、お願いだから撃たないで」

涙を浮かべながら土下座する男の横にキイチさんがしゃがみ込んだ。

「お前、百瀬のところにいるやつだろ」

男ははっと顔を上げたあと、気まずそうにぼくたちを見回した。百瀬といえば、確か中華料理店の前で会ったアイパッチの怖そうな男だ。マキさんはピギーの一人だと言っていた。

「どうして百瀬がわたしたちのことを探ってるの」

マキさんが尋ねると、男は大きく首を横に振った。

「知りません、本当に知りません。俺はただ百瀬さんにあなたがたの様子を見てこいと言われただけでして」

二人は怪訝そうに男を睨んだ。

「本当ですって」

男がぼくたちを見上げる。

「こんな下っ端にあの人が理由なんか教えるわけないじゃないですか」

男は二人にすがりついた。

「そうでしょ、そうでしょ」

キイチさんは頭をかきながら苦い顔で立ち上がった。

「まあ、どっちでもいいわ」

マキさんは冷たい目で男を見下ろした。

「どうせ死んでもらうことになるから」

「やめて、殺さないで！」

男はマキさんの足首をつかみ懇願した。

少し前、自分にもこんなことがあった気がする……。何だか胸が痛んできた。

「逃がしてあげましょうよ」

そう言うと男は顔を上げ、土下座したまま擦りよってきた。

「ありがとうございます、ありがとうございます！」

男はぼくのスニーカーに何度もキスをした。

「もういいですから、立ってください」

男は涙を拭いながら立ち上がり、ペコペコと頭を下げた。

「何て優しいお人だ。このご恩は一生忘れません」

そう言って男は腰を低くしたままゆっくりと歩き出した。

「暴力では何も解決しませんよ。根っからの善人がいないように、根っからの悪人もいません。きっと彼にも何か事情があるんでしょう」

ぼくはキイチさんとマキさんに目を向けた。

「大切なのはお互いを赦《ゆる》し合う心なのだと、ほんの少しでも彼に分かってもらえたらそれで十分です」

ぼくは久しぶりに清々しい気持ちで夜空を見上げた。

「ほら、見てください。星もこんなに――」

と言いかけたとき、背後に回った男がいきなりぼくを蹴り倒した。

「嘘だバーカ、このうすのろが！」

地面に倒れたまま、あ然としながら男を見る。

「調子に乗るなよ。お前らなんかいつでも殺《や》れるんだからな」

男は尖ったあごでニヤニヤと笑いながら、

「覚えてろよ、カスどもが！」

と吐き捨て全力で逃げ去って行った。

「マキさん、やっぱりあいつ撃っちゃってください！」

マキさんはしらけた顔で、

「赦し合う心はどうしたの」

と言って車のほうへ歩き出した。

「お前こそ覚えてろよ！　今度会ったら肛門から手を突っ込んで奥歯ガタガタいわせ

て腹話術人形みたいにしてやるからな」

　ぼくはもう姿の見えない男に向かって罵声を浴びせた。

「へえ、楽しみね」

　マキさんは冷ややかにそう言って、さっさと運転席に乗り込んでしまった。

　むしゃくしゃしながら門を乗り越え、ふと病院を振り返った。

　木々が風に揺れ、ざわざわと音を立てていた。窓の向こうに澱《よど》んでいる深い闇は、何かをじっと待っているようだった。

　この病院に何があるのだろうか。

　後部座席に座りながら、ぼくは遠ざかっていく病院を見つめた。坂の上にある家の明かりだけが、夜に浮かんでいた。

4

　事務所のソファで事件の資料を眺めていると、ドアが開いた。

「よう」

　入ってきたのは咲也さんだった。

「どうしたんですか」

「たまには散歩でもな」

ジャージにサンダル姿の咲也さんは、メガネを指で押し上げ事務所の中を見回すと、

「キイチさんたちは？」

と言って冷蔵庫の前にかがみ込んだ。はちきれそうなグレーのＴシャツは相変わらず汗ばんでいた。

「二人とも出かけてます」

冷蔵庫の中を覗き込みながら咲也さんが顔をしかめる。

「ビールばっかりだな」

やがてあきらめたようにそのまま冷蔵庫を閉め、向かいのソファに腰を下ろした。

「で、どうなった？」

「手がかりになりそうなものは見つかったんですけど、まだ何も分かってなくて」

資料を閉じてテーブルに置く。

「あ、咲也さんが言ってた三人のうちの二人に会いましたよ」

咲也さんは重そうに体を起こした。

「どいつだ？」

「長い髪の女性とメガネをかけた男性です」

「事件と関わりはあったのか」

「いいえ、二人ともなさそうでした」

「てことは、もう一人のやつが――」

咲也さんは考え込むように腕を組んだ。

「写真でも見れば、はっきりと分かるんだけどな」

資料を手に取り、咲也さんはぱらぱらとそれに目を通した。

「内海さんは六人が別荘で殺し合った事件を調査してたんだろ」

「聞いたんですか？」

「ああ、村井さんから全部な」

咲也さんは立ち上がり、また冷蔵庫の前にかがみ込むと、中からビールを一本取り出した。

「瞬も飲むか？」

「いえ、いいです」

ソファに戻り、咲也さんはのどを鳴らしながら勢いよくビールを飲み始めた。

「アヤカってのは何なんだ」

「それもまだ分かりません。関わりがあるのは確かなようですけど」

陽が沈み始め、ぼくは部屋の明かりをつけた。

「やっぱりアヤカが犯人なんでしょうか」

「さあな。もしそうなら、アヤカはどうして六人に殺し合いなんかさせたんだ」

「何か恨みでもあったんじゃないですか。調べられると都合の悪いことがあって、それで内海さんたちも殺したと」

「都合の悪いことねえ」

「ええ、まあ、例えばその……」

口にするのをためらいながら言いよどんでいると、咲也さんは見透かしたように「能力だろ」と言った。

「……はい」

これではすっかり超能力を信じているみたいだが、他に言いようがない。ただ冷静に考えると、やっぱりいい大人が『超能力』って……。

「お前が信じようが信じまいが、俺はどっちでもいいんだけどな」

咲也さんは気のない様子で言った。

「ただもしアヤカが犯人だとすると、共犯がいることになるな」

「共犯ですか」

「ああ、赤石さんの人形に触れたもう一人の男だ」

「なるほど」

そのとき例の画像のことを思い出し、デスクにあった紙を取って咲也さんに渡した。

「もともとあの人形にはメモリーカードが隠されていたんです。これはその中にあった画像を印刷したものなんですけど」

「窓ばっかりだな」

咲也さんはそれを見ながら眉を寄せた。

「どこなんだ、ここは」

「病院です。ヒナギさんて人に教えてもらって」

咲也さんは驚いたように顔を上げた。

「会ったのか？」

「ええ、会いました」

「キイチさんも？」

「はい、一緒に」

咲也さんが身を乗り出す。

「……キイチさん、無事なのか」

「よく分かりませんけど、和解してたみたいですよ」

そう言うと、咲也さんはほっとしたように息をつき、ソファの背にもたれた。

「もしかして咲也さんも知ってるんですか、キイチさんがヒナギさんを殴ったっていう話」

「ああ」

咲也さんが顔を歪める。

「俺もその場にいたからな」

「え、いたんですか」

驚いて尋ねると、咲也さんは重いため息をついた。

「大変だったんだぞ。キイチさんは泥酔してるし、ヒナギさんは怒って銃まで出すし。君鳥さんの店だったからまだよかったけどな。俺と藤巻さんがいなかったら撃ち殺されてたかもしれないぞ」

……その場にいなくてよかった。

「何があったんですか」

「キイチさんはなみなみと注いだワインのグラスをヒナギさんの前に置いて『俺の酒が飲めねえのか』って言ったんだ。飲んだら死ぬかもしれないヒナギさんに向かってだぞ。信じられるか。しかもそれでヒナギさんを殴ったんだ」

「……そんな絵に描いたような酔っ払いみたいなことしたんですか。ひどいですね」

「ああ、まさかあんなの生で見るとは思わなかったよ」

咲也さんはまた深くため息をついた。

「とにかくもうあの二人と飲みに行くのは絶対にいやだね」

そう言って咲也さんが残りのビールを一気に飲み干したとき、ドアが開きキイチさんが戻ってきた。

「よう、来てたのか咲也」

ぼくたちの白い目に気づき、キイチさんはたじろいでいた。

「……何だよ」

咲也さんは空になったビール缶を荒々しくテーブルに置いた。

「別に。ちょっといやなことを思い出しただけだよ」

キイチさんはばつが悪そうに、

「またあの話か」

と言って咲也さんの隣に腰を下ろした。

「もういいかげんに忘れろって」

「俺まであのでかい銃を向けられたんだからね、一生忘れないよ」

咲也さんは不機嫌そうにまた資料を眺め始めた。

「お前も事件のこと調べてるのか？」

「調べてるってほどじゃないけど、ちょっと気になってね」

パタンと資料を閉じ、キイチさんに渡す。

「もっと詳しいのはないの」

「今のところはな」

キイチさんはそのまま資料をテーブルに置いた。

「病院は？」

「まだ何も分かってない」

咲也さんはため息をつき、

「しっかりしてよ」

と言って壁の時計に目をやった。

「じゃあマキさんが戻る前にそろそろ帰るよ。会うとまた嫌味を言われるからね」

ソファから立ち上がり、ドアに向かう。

「進展があったら連絡してよ」

「あんまり首つっこむなよ」

キイチさんが声をかけた。

「そんなつもりはないよ」

咲也さんはドアの前で振り返った。

「でも、どうして内海さんが殺されたのかくらい俺も知りたいからね」

そう言って咲也さんは事務所を出て行った。

「もう一度行ってみてもいいんだが――」

キイチさんが呟く。

「あの病院ですか」

「どうせ連絡してから行ったところで、何も出てきやしないだろうけどな」

「そうですね」

ぼくたちは同時にため息をつき、ソファにもたれた。

5

構内のベンチでしばらく時間をつぶし、昼どきが過ぎたころを見計らって学食へ向かった。あの騒然としたなか、一人でぽつんと昼食をとる勇気はまだなかった。

午後の授業は休講だった。ようやく閑散となった学食の隅でカレーライスを食べながら、ぼくは事件のことについて考えていた。

あの病院が何か関わっているのは間違いないだろう。そうでなければあんな写真を残したりはしない。しかしなぜ赤石さんは窓の写真ばかり撮っていたのだ。おそらく意味があるはずだが、いくら考えてもやっぱり分からない。

そもそも、『人形使い』って何だ。人形を自由に操れるということだろうか。信じているわけではないが、もしあの人形が廃病院を夜な夜な歩き回っているのを見たら、卒倒してしまうかもしれない。

そんなことを思いながらカレーを口に運ぼうとしたとき、

「ねえ、一年生？」

と突然声をかけられ、ガタンとテーブルが揺れるほど驚いて振り返った。背後には髪の長い小柄な女性が立っていた。

「あ、はい」

ぼくはどぎまぎしながら答えた。

「サークルは何か入ったの？」

「いいえ、まだです」

彼女は親しげに微笑みながら、

「じゃあ、ちょっと見学しにこない」

と言って隣の椅子に腰を下ろした。

幼く見えるが、口ぶりからして一年生ではないだろう。彼女は手にしたビラをテーブルに置いた。そこには『あの天宮祐斗《あまみやゆうと》氏が日本の未来を語る』と書いてあった。

あの天宮祐斗氏って、誰だ……。

これはもしかして、ヘルメットをかぶってジュラルミンの盾を持った機動隊と闘ったりするやつだろうか。

「いや、政治的な思想とかはとくに――」

「大丈夫、きっと役に立つから」

かわいらしい小動物のような顔でじっと見つめられると、つい顔が緩んでしまう。

「ねっ」

そう言って彼女が顔を覗き込んでくる。

「じゃあ、ちょっとだけ」

「よかった。わたしは三年の小島《こじま》よ」

「町田です」

ぼくは小さく頭を下げ、彼女の視線を感じながら急いで残りのカレーライスをたいらげた。

学食を出たあと、小島さんに連れられて校舎の地下へおりた。まだ一度も来たことのない場所だ。

長い廊下には小さな教室がいくつも並んでいた。

「ここよ」

と言って小島さんは教室のドアを開けた。『あの天宮祐斗氏』というくらいだからきっと大勢いるのかと思ったが、中には二人しかいなかった。

気まずさを感じながら教室に入ると、中央辺りに座っているメガネをかけた真面目そうな女性がちらっと視線を向けてきた。

顔に似合わず胸元の大きく開いた露出度の高いワンピースを着ていた。笑顔を作り軽く頭を下げると、その女性はにこりともせず頭を下げ返した。

一番後ろの席には黒いジャケットのやせた男が座っていた。ぱさついた長い髪にひげを生やし、腕を組んだままじっと目を閉じている。見た目は邪悪なキリストといった感じだった。

ぼくは教壇が目の前にある最前列に座らされた。

「もうちょっと後ろのほうが……」

「大丈夫よ」

小島さんはにこやかに言って、ぼくを残したまま廊下側の席に腰を下ろした。

無言のまま、三分ほど経った。

いよいよ空気の重さに耐えきれず立ち上がろうとしたとき、背後でガタッと椅子の音がした。

「じゃあ始めようか」

キリストみたいな男が悠然とこちらに歩いてきて、教壇の前に立つ。

……この人が『あの天宮祐斗』か。

「今日は日本の未来について話したいと思う」

小島さんともう一人の女性が拍手をする。ぼくもつられて戸惑いながらも小さく手を叩いた。

「未来は決して明るいものではない」

天宮氏が教壇に手をつく。距離が近すぎる。ぼくは俯いたまま、気づかれないように少し椅子を引いた。

「俺には人々の嘆き苦しむ姿が見える。それは人間が自ら生み出した業によって与えられた罰とも言えよう」

天宮氏がちらっと視線を向けてきたので、すぐに目をそらした。

「光を求め暗闇の中をさまよい続け、やがて力尽きる。それが人々の定められた運命なのかもしれない」

天宮氏はつらそうに言った。

「しかし俺には、それをただ傍観することはできない」

天宮氏が教壇を叩き、ぼくはびくっとなった。

「この力は俺に与えられた罰なのかもしれない。ならばすべてを受け入れ、俺が人々の光となろう」

流暢にそう語り始めたが、どうも話の様子がおかしい。おそるおそる顔を上げると、天宮氏とまた目が合った。

「この予知の力によって」

日本の未来って、そっちの話だったのか……。

「この力のせいで、俺は幼いころから迫害を受けてきた」

きっと自分には超能力があると言いまわり、いじめられたのだろう。

「しかし恨んでなどいない。なぜなら彼らは盲者なのだ。真実を見ることのできない、憐れむべき者たちなのだ」

本人は気づいてないかもしれないが、その人を見下す感じが迫害を受けてきた原因なのではないだろうか。

「与える側の人間として、俺には彼らに光を授ける使命がある」

キイチさんたちだけでいっぱいいっぱいだというのに、どうしてこのての人ばかり集まってくるのだ。

深いため息をついてふと顔を上げると、目の前に天宮氏が立っていた。

「ではまず、君の光となろう」

「……は？」

天宮氏は目を閉じ手をかざしてきた。

「いや、あの、ぼくは間に合ってますので」

「大丈夫よ」

いつの間にか背後にいた小島さんが言う。さっきから大丈夫と言っているが、大丈夫だったことなど一つもない。

「体の力を抜いて、心を開くのよ」

メガネをかけた露出度の高い女性が、そう言って肩に手を乗せてきた。いまさら気づいたところでもう遅いが、新入生はぼくだけだった。

「君の未来が見える」

やがて天宮氏が口を開く。ぼくは身を縮ませてかざされた手をさえぎった。

「やめてください。本当にもう十分……」

「愛と希望に満ちた素晴らしい未来だ」

「えっ」

とんでもなく恐ろしいことを言われるのだろうと思っていたので、ぼくは拍子抜けして天宮氏を見上げた。

「幸せそうな笑顔だ。隣には美しい女性も見える」

もしかして、ニナか！

「それって、ショートボブで色が白くて目の大きい人じゃ――」

天宮氏がうなずく。やっぱりそうか。

「ぼくたち、幸せそうなんですか」

「ああ、とても」

天宮氏は目を開けて手を下ろした。

「よかったね」

「ありがとうございます」

怖いと思っていたが、いい人じゃないか。気分よく席を立とうとしたとき、

「ちょっと待って」

とメガネの女性が言った。

「あなた、何か隠してるわね」

天宮氏の表情が険しくなる。

「確かに明るい未来が見えた」

「でも、見えたのはそれだけじゃないはずよ」

どういうことだ。ぼくはおたおたしながら二人を交互に見た。

「確かに君の言うとおりだ」

「彼のためにも教えてあげたほうがいいんじゃないの」

やがて天宮氏は、俯いて小さくため息をついた。

「ただそこに、不吉な黒い影が……」

「それは、何なの？」

小島さんが不安げな顔で言う。

「分からない。それによって未来が大きく変わる可能性もある」

「やっぱりね」

メガネの女性がやけに深刻そうな顔を向けてきた。

「あなたたちが教室に入ってきたとき、妙な胸騒ぎがしたのよ。きっとそれのせいだったのね」

「でも心配することはない」

天宮氏が優しく肩に手を乗せてくる。

「それが何なのかをつきとめ取り払いさえすれば、俺が言ったように君の未来は素晴らしいものになる」

「どうすればいいんでしょう……」

ぼくは不安になって尋ねた。

「まだ時間はある。ゆっくりと解決していこう。そのために俺はできるだけのことをするつもりだ」

「分かりました」

メガネの女性が机に手をついて前かがみになる。

「安心して、わたしたちがついてるわ」

視線がつい胸元にいってしまう。

「ありがとうございます」

「また来るといいわ。これ渡しておくね」

小島さんが入会用の紙を差し出した。ぼくはそれを受け取り、不安なまま教室をあとにした。

6

学校を出て自転車で事務所に向かう途中、コンビニの袋を提げたキイチさんにばったり会った。

ぼくは自転車を降りて、肩を落としながらキイチさんの横を歩いた。

「どうかしたのか」

キイチさんが心配そうに尋ねてきた。

「今日、サークルの見学に行ったんですけど――」

さっきの話をすると、キイチさんは鼻で笑った。

「あのなあ」

キイチさんは呆れたような顔でぼくを見た。

「瞬の前で何か特別な能力を使うやつがいたら、それは全部偽者だ。お前がいるところでは、絶対に何も起こらない」

ほとんど忘れていたが、そういえばそういうことになっていたんだ。ただそれが、いまだに信じられない原因でもある。

「お前は疑《うたぐ》り深いくせにだまされやすいから気をつけろよ」

「はあ」

冷静に考えれば、確かに怪しい。あの三人もグルだったわけだし。ぼくは小島さんにもらったビラを苦い顔で見つめた。

「じゃあ、結局この天宮って人たちにだまされたわけですね。入会の申込書を出す前に分かってよかったですよ」

キイチさんが眉をひそめる。

「天宮？」

「ええ、天宮祐斗って人です」

キイチさんは目を丸くした。

「あの天宮祐斗か」

「知ってるんですか」

ぼくは驚いて尋ねた。

「ええ、『あの天宮祐斗』です。まさかキイチさんも知ってるとは。そんな有名な人なんですか」

ビラを奪い取り、キイチさんはそれをしげしげと眺めた。

「知ってるも何も――」

キイチさんは額に手をやりながら、

「これ、ゴキブリのやつだ」

と呟いた。

「ゴキブリのって……」

初日に電話を受けた、あの記憶が徐々によみがえる。

「まさか、巨大化したゴキブリの大群が夏ごろに街を襲来するってやつですか！」

「ああ」

キイチさんは力なく答えた。

ぼくは呆然となった。まさか天宮氏がゴキブリの人だったとは。そう思うと、無性に腹が立ってきた。

「やっぱりぼくは超能力なんて絶対に信じません」

「へえ」

キイチさんはそう言って苦笑した。

自転車を押しながらいつもの路地に入ると、キイチさんが突然足を止めた。

「どうしたんですか」

道の先に目をやると、事務所の前に見覚えのあるシルバーの車が止まっていた。隣でキイチさんが舌打ちした。

中に入ると、グレーのスーツを着た安永が愛想のない顔でソファに座っていた。マキさんはシンクの前に立ち、雑な手つきでお茶をいれていた。

「こんなところに一人で何の用ですか」

キイチさんは向かいのソファにどっかりと腰を下ろした。マキさんがお茶を置くと、安永はそれを手に取りしばらく湯飲みの中を眺めてから、口をつけずそのままテーブルに戻した。

「お前たち、平沢医院を調べているそうだな」

「へえ、何でも知ってるんですね」

キイチさんは目も合わせずに皮肉っぽく言った。

「ああ、ほかにもいろいろな。何ならお前らを普通の犯罪者として逮捕してやってもいいぞ」

安永は指先でメガネを押し上げ、ぼくたちを見回した。

「それはどういうことでしょうかねえ」

「興味があるなら、ゆっくり聞かせてやってもいいが」

安永は表情も変えずに言った。

「勘違いしているようだが、俺は決して反対派じゃない」

「へえ、それは気がつきませんでした」

キイチさんが淡々と言う。

「お前ら能力者の力は認めている。だからといって擁護派に賛同する気はない。能力があろうがなかろうが、犯罪者は平等に裁かれるべきだからな」

「正論だけでやっていけたら、世の中はもっと平和だったんでしょうね」

「正論を言うやつがいなくなったら、世の中は終わりだ」

静かな火花を散らしながら睨み合う二人の横で、ぼくはただおたおたしていた。マキさんはまったく関心なさそうに、シンクにもたれて熱いお茶を啜っていた。

やがて安永はふっと鼻で笑い、

「まあ、そんな下らない話をしに来たわけじゃない」

と言って横にあったカバンから厚いファイルを出し、テーブルに置いた。

「これは病院の事件に関する資料だ」

「病院の事件？」

キイチさんが怪訝な顔でファイルに目をやる。

「ああ、警察がいま捜査している」

キイチさんはファイルを開き、ぱらぱらとめくった。

「閉院する少し前、青木《あおき》という男が行方不明になった。そして閉院してからこの一年のあいだに、小池《こいけ》と篠宮《しのみや》という二人の男が殺されている。公にはされていないが、三人ともあの病院の職員だった」

「どういうこと？」

マキさんはキイチさんの隣に座り、ファイルに顔を寄せた。

「病院で医師をしていた園田和弘《そのだかずひろ》という男が、事件のあと姿を消した」

安永は身を乗り出し、クリップで留められている写真をこつこつと指で叩いた。

ソファの後ろに回り二人の背後から覗き込むと、そこには目の小さい丸顔の男が映っていた。

「こいつが犯人なのか」

「おそらくな。事件があった日、殺された篠宮の部屋から出てくるところを隣人が目撃しているそうだ」

「動機は？」

「まだ分かっていない。職員の話では、病院に勤務していたころはとくに親しかったというわけではないらしい。閉院したあとも、園田が殺された二人と連絡を取り合っていたような形跡はない」

「じゃあ、何で殺したんだよ」

キイチさんは苦い顔で尋ねた。

「さあな」

安永はそっけなく答え、もう一枚紙を出してテーブルに置いた。

「当時あそこで働いていた職員の名前と住所だ。もう警察が一通り調べているが、暇なら行ってみるといい」

安永はカバンを持ち、ゆっくりと立ち上がった。

「まさかお前たちが調べている事件にも、平沢医院が関わっているとはな。まあせいぜいしっかり調査してくれ」

キイチさんは顔をしかめながらその紙を手に取った。

「たまには自分でやったらどうですか」

安永がドアの前で足を止める。

「俺は頭を使う、お前たちは体を使う。そういう世の中だ」

「ずいぶんいい世の中だな」

キイチさんが鼻で笑った。

「そうでもないさ。周りが無能ばかりだと、けっこう疲れる」

安永はそう言って、突っ立っているぼくのほうに視線を向けてきた。

「町田君、だったね」

「あ、はい」

突然名前を呼ばれ顔をこわばらせていると、安永はまったく感情のこもっていない笑みを浮かべた。

「少しは慣れたか？」

「ええ、まあ」

「前にも言ったが、行動にはくれぐれも注意したほうがいい」

安永はメガネを押し上げ、

「君は特別だからな」

と言って事務所を出て行った。

何のことだか分からずきょとんとしていると、

「瞬、塩でも撒《ま》いとけ」

とキイチさんが苛立ったように声を上げた。

「ったくムカつく野郎だ」

「そう？　けっこう似たもの同士なんじゃない。無愛想なところとか」

マキさんがテーブルにあったお茶を流しに捨てながら言う。キイチさんはいかにも

ろう。

心外そうにマキさんを見た。

……確かに、それに輪をかけて無愛想な人にそんなことを言われては、さぞ心外だろう。

7

ぼくたちはまず、平沢医院で二十年以上看護師をしていた谷本景子《たにもとけいこ》という女性に会いに行った。資料によると、院長の紹介でいまは別の総合病院に勤務していた。

受付の前にある広い待合室は人であふれていた。

長椅子に座っていると、廊下の先から看護服を着た細く小柄な中年の女性が、きびきびとした足取りでこちらに歩いてくるのが見えた。

キイチさんとマキさんはすぐに立ち上がり頭を下げた。

「谷本です」

彼女は穏やかなはっきりとした声で言った。

キイチさんは偽物の警察手帳を当たり前のように開いて見せた。珍しくマキさんが黒のパンツスーツを着ていたのもそのためだとようやく分かった。

彼女は一瞬だけそれに目をやると、髪を後ろに束ねた小さい顔でキイチさんをまっすぐに見上げた。

「事件のことでしょうか」

「ええ」

おそらくもう何度も警察が来ては、同じような質問をしていったのだろう。彼女はキイチさんが尋ねることに表情を変えず事務的な口調で答え、知らないことに対しては知らないとはっきり言った。

彼女は資料にあったのとほぼ同じことを、正確に話した。

「ありがとうございます」

キイチさんがそう言うと、彼女は社交辞令のように小さく微笑んだ。

「あ、それから」

去ろうとする彼女にキイチさんが声をかける。

「もう一つよろしいでしょうか」

彼女は立ち止まり振り返った。

「アヤカという女性をご存知ですか」

初めて彼女の表情が変わった。

彼女は眉を寄せながら、「アヤカ?」と聞き返した。当然、警察の質問にその名前が出たことはないだろう。

彼女はしばらく考え込んだあと、

「いいえ、知りません」

と静かに答えた。

「職員にも病院に出入りしていた業者の方にも、わたしの知っている限りではアヤカという人はいませんでした」

「患者さんのなかには？」

キイチさんが尋ねる。

「長くやっていましたから、もしかしたらいたかもしれませんが、それ以上の関わりはないと思います」

「職員の知り合いにいたということはありませんか」

「さあ、そこまでは分かりません」

「そうですか」

彼女が腕時計にちらっと目をやる。

「もうよろしいですか」

「ええ。すみません、お仕事中に」

そう言ってキイチさんは丁寧に頭を下げた。廊下を歩いて行く彼女を、マキさんが腑《ふ》に落ちないような顔で眺めていた。

「どうかしたのか」

「別に。ただ隙がなさすぎたから、ちょっと不思議に思っただけ」

マキさんは肩をすくめ、出入り口に向かって歩き出した。

「あれは女の勘てやつですか」

「さあな、あんまり余計なこと言うとまた殴られるぞ」

ぼくたちはひそひそと話しながらマキさんのあとを追った。

臨床検査技師をしていた垣原孝《かきはらたかし》という男のマンションに着いたのは、夕方になったころだった。

外階段で三階へ上がると、長い廊下が続いていた。廊下からは駐輪場や通りの向かいに並ぶアパートが見渡せた。

三〇八号室の前に立ち、キイチさんはインターホンを押した。すぐにドアが開き、小柄でほっそりとした気の弱そうな男が顔を出した。

年齢は三十二歳とあったが、横に分けた髪にはぽつぽつと白髪が混じり、実際の年よりも老けて見えた。

「先ほど電話した警察のものです」

キイチさんはまた警察手帳を開いた。

「はあ」

彼は二人を見たあとぼくに視線を移し、少し怪訝な顔をした。もちろん刑事には見えないだろう。キイチさんが話をしているあいだ、ぼくはマキさんの陰に隠れるようにして小さくなっていた。

開いたドアから部屋の様子が見えた。手前に広いキッチンがあり、奥がリビングになっていた。家具はほとんどなく、中はきれいに整理されていた。キッチンには業務用の大きな冷凍庫が置かれていた。

聞き出せたのは、やはり資料にあるのと同じような話だけだった。アヤカについても心当たりはないと言った。

「裏にある別棟はよく使われていたんですか」

「いいえ、ぼくが入ったころはほとんど物置のような状態でした。ただ病院を閉める一年くらい前から、院長が自室として使っていたようですが」

「閉院したのは院長が病気のためだそうですね」

「はい。たぶんそのころから体調がすぐれなかったんだと思います。よく別棟にこもっていましたから」

ふと前の通りに目をやると、建物の陰に黒っぽい服を着た男が立っていた。無精ひげをはやし頰のこけた男は、落ち窪《くぼ》んだ目でじっとこちらを見上げていた。

「分かりました、ありがとうございます」

ドアが閉まると、キイチさんは小さくため息をついた。

「キイチさん、あそこでずっとこっちを見てる男がいるんですけど」

「どこだ？」

通りに目を戻すと、もう男の姿はなかった。

どこかであの男を見たような気がして思い出そうとしていたとき、キイチさんの携帯が鳴った。

ポケットから出した携帯を見て、キイチさんは少し驚いたような顔をした。

8

すぐに事務所へ戻ると、黒いスーツを着た藤巻さんがドアの前で待っていた。

キイチさんの携帯にかかってきた電話はヒナギさんからだった。ヒナギさんは「画像に面白いものが映ってる」と言ったそうだ。

「何なんだ、面白いものって」

キイチさんが鍵を開けながら尋ねる。

「見てもらえばわかります」

藤巻さんはそう答え、

「失礼します」

と一礼して事務所に入った。

「懐かしいですね」

「あれからもう二年近く経つのか」

「ええ、一年と八か月です」

藤巻さんは事務所の中を見回した。

「変わってませんね」

「まあな」

「そうだ、ヒナギさんが瞬君に礼を言っておいてくれと」

藤巻さんがぼくを見て微笑む。

「いや、ぼくは別に――」

少し照れながら言うと、

「何もしてないわよ」

とマキさんが横から口をはさんできた。確かにそう言おうと思っていたが、マキさんに言われると何だか腹が立つ。

「今度は一人で来いって言っていたよ。キイチさんに高価なワインを飲ませるのはもったいないって」

藤巻さんが耳元に顔を寄せて言う。

「そうします」

とは答えたものの、ぼくも同じようなものだ。

「まあ座れよ」

キイチさんは冷蔵庫を開けた。藤巻さんはまた「失礼します」と言ってソファに腰を下ろした。

「飲むか？」

ビールを手にしたキイチさんが言う。

「ではいただきます」

キイチさんは二本のビールをテーブルに置き、藤巻さんの向かいに座った。

「よかったですね、ヒナギさんとのことは」

「まあな」

キイチさんはタバコに火をつけ、そっけなく答えた。

「みなさんが来たときはどうなることかと思いましたよ」

ビールを飲みながら藤巻さんが苦い顔をする。

「言っておきますけど、本当に撃つ気はありませんでしたから」

「分かってるよ」

キイチさんはふっとタバコの煙を吐き出した。

「これでまたみんなで飲めますね」

「そうだな」

ぼくはキイチさんの隣に腰を下ろした。

「でも咲也さんは、もう二人とは絶対に飲まないって言ってましたよ」

藤巻さんがぎこちない笑みを浮かべる。キイチさんは黙ったままビールをあおった。

「大変だったみたいですね」

「まあね」

藤巻さんはキイチさんにちらっと目をやった。キイチさんは気まずそうにタバコをふかしていた。

「で、何が映ってるの？」

マキさんがデスクに座りモニターを見つめている。ぼくたちはマキさんの後ろに回り、それを覗き込んだ。

「ここです」

藤巻さんは画像の一部を指さした。

「窓だろ」

キイチさんは眉をひそめた。

「いや、ここをよく見てください」

ぼくとキイチさんはモニターに顔を寄せた。

「だから、窓だろ」

「……そうじゃなくて」

藤巻さんはもどかしそうに、指先で軽くモニターを叩いた。

「その中です」

「あっ」

ぼくは思わず声を上げた。

「これ、影ですか」

藤巻さんはうなずいた。窓の奥にある白い壁には、人影のようなものが映っていた。マキさんが画像を切り替えていく。キイチさんはそれを目で追いながら、

「何でこんなところに」

と呟いた。影はすべての画像に映っていた。

「……まさか、心霊写真ですか」

マキさんがモニターに寄せたぼくの頭をはたいた。

「建物の中に誰かいたってことね」

「ええ、それも一人や二人じゃありません」

藤巻さんは重い声で言った。

赤石さんは窓の写真を撮ったのではなく、そのなかにある影を撮っていたのだ。

「やっぱりあそこはただの廃病院じゃなさそうね」

となるとあのときぼくが見た黒い影も、気のせいではなかったのかもしれない。

「だから言ったじゃないですか、何か動いたって」

「ああ、そうね」

マキさんが面倒くさそうに答える。背後でこぶしを握りしめると、藤巻さんがそれをなだめるように肩に手を置いた。

「聞きましたよ、内海さんが殺されたそうで」

藤巻さんは目を伏せた。

「ヒナギさんも残念だと」

「そうか」

「気をつけてください。何かできることがあれば協力します」

「ああ」

キイチさんは静かに答えた。

「でも、あんなところに誰が？」

じっと画像を見ていたマキさんが言う。

「さあな。ただ、やっぱりもう一度行ってみる必要がありそうだな」

二人はモニターを見ながら考え込んでいた。画像に映っているかすかな黒い影が、いまにも動き出しそうに見えた。

9

車は広い景色の中にある一本道を走っていた。

青い空には綿をちぎったような雲がいくつも浮かんでいる。田畑や民家の向こうには山の輪郭がはっきりと見えた。窓を少し開けると、澄んだ風が入ってきた。

やがて緑に囲まれた白い建物が見え始めると、マキさんはゆっくりとスピードを落としていった。

門は開いていた。マキさんはそのまま車を敷地内に入れ、入り口の前に止めた。ぼくは後部座席の窓から診療所を見上げた。古そうではあるが、夕暮れに来たときとはまるで印象が違う。やはり廃病院は、陽気な男女でもなければ夜に行くようなところではない。

車を降りると、入り口の扉が開き初老の男性が出てきた。平沢院長だ。

白いシャツに薄手の茶色いカーディガンをはおった院長は、ぼくたちを見て小さく頭を下げた。

「たびたびすみません」

キイチさんが言う。

「いいえ、わざわざ大変ですね」

院長は柔和な顔で微笑んだ。

「まだきれいなままですね」

キイチさんは陽射しに目を細め建物を見上げた。

「閉院してから一年ほどですから。あちこち老朽化はしていますが」

院長は穏やかな低い声で答えた。

「写真を撮ってもよろしいですか」

デジカメを手にしたマキさんが尋ねる。

「ええ」

マキさんが外観の写真を数枚撮り終えると、

「ではどうぞ」

と言って院長はぼくたちを建物の中に招き入れた。

院内は静かでひんやりとしていた。右側が受付になっていて、その向かいに長椅子がいくつか置かれていた。奥には二階へ続く階段が見えた。

一階にあるそれぞれの部屋は医療室やレントゲン室になっていた。どこもきれいに整理してあり、掃除もされているようだった。

「お一人ではいろいろと大変でしょうね」

キイチさんは廊下を歩きながら、建物の中を見回した。

「前の職員がたまに来て、掃除などをしてくれますので」

おそらく谷本景子だろう。

「ねえマキさん、ぼくたちのこと院長にバレてませんかね。前の職員にも会ってるし」

ぼくは小声で尋ねた。

「さあね」

マキさんはそっけなく答えた。

「キイチさんが渡した名刺って、電話番号も書いてあったんですよね」

「ええ。君鳥のところにつながるようになってるけど、電話はなかったそうよ」

マキさんは写真を撮りながら、

「もうとっくにバレてて、その必要もなかったのかもね」

と呟いた。

「二階は病室になっています」

院長のあとに続き、ぼくたちは階段を上った。

十室ほどの小さな個室が並んでいた。やはり今でも使えそうなほど、きれいに整理されている。あの写真で見たのと同じように、手すりのついた窓の隅には白いカーテンが寄せられていた。

キイチさんが院長の話を聞きながら、ぼくたちは院内をひと通り回った。しかしこれといったものは何も見つからなかった。

「別棟も見せていただけますか」

「ええ、かまいませんよ」

一階へ下り、渡り廊下を通って別棟に向かう。扉の前に立ち、院長がポケットから鍵束を出した。

鍵を開けドアを引くと、不快な甲高い金属音が鳴った。

中は暗かった。院長は壁のスイッチに手を伸ばし明かりをつけた。長い廊下が左へまっすぐ延びていた。

「こちらの建物は？」

キイチさんが尋ねる。

「小さな手術が行えるようになっています」

院長は廊下の突き当たりにある両開きのドアを示した。

「緊急のためです。この近くには大きな病院がないので。あまり使うことはありませんでしたが」

　廊下を進もうとしたとき、

「すみません、ここにはまだ医療器具が残っていまして」

と院長が言った。

「分かりました」

　キイチさんが答え、ぼくたちはそのまま建物を出た。

「あまりお役に立てなかったのでは」

　院長が鍵をかけながら申し訳なさそうに言った。

「とんでもない、こちらこそすみません」

　そう言って、キイチさんは坂の上にある院長の家に視線を移した。

「ご自宅は拝見できますか」

　院長は少し困ったように微笑みながら頭をかいた。

「独りなもので、とてもお見せできるような状態では」

「そうですか」

　キイチさんは笑みを返した。

「ご親切にいろいろとありがとうございました」

　内ポケットから封筒を出し、キイチさんが院長に差し出す。

「ご協力いただいたお礼です」

院長は首を横に振った。

「どうぞお気を使わずに」

「たいしたことはできませんが、せめてもの気持ちです」

やがて院長は、

「では、ありがたくいただいておきます」

と言ってそれを受け取った。

車に乗りマキさんがエンジンをかけると、院長は深々と頭を下げた。

「ありがとうございました」

キイチさんは窓を開け、そう言って頭を下げ返した。

院長に見送られ、車は門を抜けて人気のない道路に出た。

「キイチ、見た？」

アクセルを踏みながらマキさんが言う。

「ああ」

キイチさんはタバコに火をつけ、重い声で答えた。

「何かありましたか？」

後部座席からシートの間に身を乗り出す。

「閉院した普通の病院にしか見えませんでしたけど」

キイチさんは開いた窓に向かってタバコの煙を吐き、ゆっくりと視線を向けてきた。

「別棟の廊下に、車椅子の跡があった」

「え！」

驚いて振り返ると、院長が門の前に立ち、じっとこちらを見つめていた。

10

事務所を出たころには、もう夜の十時を回っていた。隣にある駐車場の隅に置いた自転車にまたがり、ぼくはのろのろとアパートへ向かった。

湿った重い空気が澱んでいた。

見上げると、夜の空に濃い雲が流れていた。雨になるかもしれない。ぼくはペダルをこぐ足に力を入れた。

薄暗い路地を抜けアパートに続く通りに差し掛かったとき、突然黒い影のようなものが目の前に飛び出し、ぼくは慌ててブレーキを握った。

キッという錆びた音を立てて自転車が止まる。

道の先には、黒い法衣のような布をまといフードをかぶった男が、こちらをじっと見ながら立っていた。

「お前もあいつらの仲間か?」

背後から声が聞こえ驚いて振り返ると、同じようにフードをかぶった三人の男がいつの間にかぼくを囲んでいた。

「……あいつら?」

怯えながらそう尋ねると、男たちはゆっくりと歩み寄ってきた。

「とぼけるな」

「お前たちがアヤカ様を奪う気なのは分かっている」

男たちが言う。

「アヤカを知ってるんですか」

思いがけずその名を耳にし、ぼくはとっさに三人を見回した。

「何なんですか、アヤカって」

男たちは答えなかった。

「教えてください」

「知る必要はない」

そう言って正面にいた男が静かにこちらへ歩いてきた。

「お前があいつらの仲間であろうがなかろうが、アヤカ様に近づこうとするものは俺たちが殺す」

男は法衣の下から大きなサバイバルナイフを出した。

「内海さんを殺したのも、あなたたちなんですね」

男たちが顔を見合わせる。

「内海？」

正面にいる男が言った。

「ええ、それに事件を調べてたほかの人たちも」

「何のことだ」

男は顔を伏せたまま言った。

「俺たちはむやみに人を殺したりはしない」

「……え」

「ただこれ以上手出しするなら、俺たちはどんなことをしてもアヤカ様を守る」

「どういうことですか。アヤカって一体――」

「これは警告だ」

男がさえぎるように言う。

「もし本当にまだ何も知らないのなら、いますぐその名前は忘れろ。お前の仲間にも言っておけ、アヤカ様に近づくなと」

張り詰めた空気が周囲を覆った。向けられた鈍く光るその刃先を、ぼくは息をのんで見つめた。

「どうかしましたか？」

そのとき、道の先から声が聞こえた。

男たちはさっと闇の中に紛れ込むように、入り組んだ狭い路地へ足音も立てず消えていった。

「大丈夫？」

紺色のスーツを着た三十代くらいの男が、心配そうに尋ねてきた。

「はい」

そう言って自転車から降りると、緊張が解けたせいか足が小さく震えだした。それに気づいたのか、男は周囲を警戒しながら歩み寄り自転車を支えてくれた。

「家は近いの？」

「ええ、その先です」

「じゃあ送って行くよ」

一人でも大丈夫と言いたかったが、まだ足の震えがおさまらなかった。ぼくは自転車を押しながら彼の横を歩いた。

「さっきの人たちは知り合い？」

「いいえ」

「ナイフを持ってたみたいだけど」

「ええ、急に囲まれて……」

詳しいことは話せず言葉を濁すと、彼は「そう」とだけ言ってそれ以上は立ち入らなかった。

「警察に連絡しようか？」

「いいえ、大丈夫です」

ぼくは慌てて答えた。アヤカのことが関わっているとなると、警察に知らせるよりは、まずキイチさんに連絡したほうがいいだろう。

彼はため息をつき、

「物騒な世の中になったね」

と呟いた。

「そうですね」

彼の言うとおりだ。いつの間にか、ぼくの周りは物騒なことだらけだ。しかし彼の柔らかく穏やかな声を聞いているうちに、足の震えは止まっていた。

「そこです」

見え始めたアパートをさして言うと、彼は優しそうな顔で小さくうなずいた。

「じゃあ気をつけて」

「あ、ちょっと待ってください」

立ち去ろうとする彼を呼び止め、自転車を置いて少し先にある自動販売機で缶コーヒーを買い、それを差し出した。

「ありがとうございました」

彼はそれを受け取ると、

「こっちこそありがとう」

と嬉しそうにその缶コーヒーを見つめた。

それを飲みながら歩き始めた彼が、路地の先でふと足を止めて振り返った。

「いつかきっと、世の中はもう少し良くなるよ」

「そうだといいです」

微笑みながら去っていく彼に、ぼくは頭を下げた。いつか本当に、そんな日が来ればいいと思った。

部屋に戻りすぐに窓の鍵を確認したあと、キイチさんに電話をかけていまあったことを話した。

「大丈夫なのか？」

「はい、ちょうど人が通りかかって」

「そいつらに見覚えは」

「いいえ、でもアヤカのことを知っているようでした」

「何か言ってたのか」

「ええ、お前もあいつらの仲間かって」

「あいつらの仲間？」

「ただ詳しいことは何も」

「とりあえず村井さんに言って調べてもらうか」

「はい」

「気をつけろよ、瞬。いつでもいいから、何かあったらすぐに連絡しろ」

「分かりました」

電話を切り、ぼくはベッドの縁に腰を下ろした。彼らはアヤカを知っていた。しかし内海さんたちのことは――。

静かな部屋に一人でいると、またさっきの恐怖がよみがえってきた。ぽつぽつと降り出した雨の音が、窓の外から小さく聞こえた。

第四章　ユリゲる世界　―*THE MOON*―

1

梅雨に入り、朝から小雨が降り続いていた。

午後の授業が終わり、折りたたみ傘をひろげて学校を出た。差してきたビニール傘は、授業のあいだになくなっていた。

濡れたアスファルトから雨のにおいがする。空車のタクシーが水を切りながら交差点を荒い運転で曲がって行った。ランチタイムも終わり閑散とした繁華街には、生ぬるい空気が澱んでいた。

事務所には誰もいなかった。リュックを下ろし、冷蔵庫からペットボトルのお茶を出してソファに座る。午後三時を回ったばかりだったが、雨のせいでもう事務所の中は薄暗かった。

ぼくはデスクに置いてある事件の資料をぱらぱらと眺めた。

病院のことについて新しい情報は何も得られず、園田という男が二人を殺した動機も分からないままだった。ぼくを襲った黒衣の男たちが何だったのかも同じだ。

ぼくはファイルを持ったままソファにごろっと寝転がった。当たり前だが、いくら考えたところでぼくに分かるわけがない。

組織は一体何をやっているのだ。超能力者がたくさんいるなら、事件などあっという間に解決できてもいいはずだ。

やっぱり超能力なんて嘘なのではないだろうか。組織なんてもの自体あるのかどうかも怪しくなってきた。

そんなことを考えながらクリップで留められている園田の写真に何気なく目を移したとき、ぼくは思わず「あっ」と声を上げた。体を起こしファイルに顔を寄せて、じっくりと眺めながら記憶をたどる。

やはりあの男だ。

やせて人相は変わっているが、垣原孝のマンションで見た男に間違いない。あれが園田だとしたら、どうしてあんなところにいたのだろうか。

もしかして園田は、次に垣原を狙っているのでは――。

すぐにキイチさんに知らせようと電話に飛びついたとき、事務所のドアがゆっくりと開いた。

「いまちょうど電話しようと……」

顔を上げると、ドアの前には奇妙な男が立っていた。

　体格のいい大柄な男は、茶色い麻袋を頭からすっぽり被っていた。目と口の部分が切り抜かれ、鼻と眉は子供の落書きのようにマジックで描かれていた。黄ばんでよれたTシャツの裾には、『たなかあきら』と拙い字で書いてあった。

　人はこんなとき、声を出すことも動くこともできないのだと初めて知った。

　穴の向こうにある充血した目が、じっとこちらを見つめている。口元はニヤニヤと笑っていた。

　ソファに座ったまま呆然としていると、やがて男が大股で近づいてきた。

　一瞬、何が起きたのか分からなかった。顔に強い衝撃を受け、ぼくはソファごと背中から床に倒れた。口元にやった手のあいだから鼻血が流れ出すのを見て、ようやく殴られたのだと気づいた。

　鼻の奥がつんと痛み、血が床に落ちた。男は自分の拳とぼくを不思議そうな顔で交互に眺めていた。

　這うようにして事務所の奥へ逃げるぼくの襟首を大きな手が掴《つか》む。クレーンで持ち上げられたみたいに体が浮き、また男の拳が飛んできた。棚に並んだファイルをなぎ倒しながら、ぼくは勢いよく床に転がった。

「どうやら噂は本当だったみたいだな」

視界の隅で誰かがもう一つのソファに腰を下ろすのが見えた。

脈打つように痛みが走る顔を上げると、傷だらけの顔に黒いアイパッチをした男が薄く笑っていた。

百瀬だ。

「お前、能力も代償も消すらしいな」

百瀬は麻袋を被った奇妙な男をあごで示した。

「金子《かねこ》は素手で鉄板をへし折ることもできる。普通ならあごが吹っ飛んでるところだ」

男は倒れたソファを起こし、強引にぼくを抱えて座らせた。……『たなか』じゃないのか。朦朧《もうろう》としながら、ふとそんなことを思った。

百瀬の後ろには、病院でぼくを蹴倒したあの小柄な男がへらへらと笑いながら立っていた。

百瀬は膝に腕を乗せ、前かがみになってぼくを覗き込んだ。

「で、どこまで分かった」

何のことだか理解できず、ぼくは口元を押さえたまま顔をしかめた。百瀬は呆れたようにふっと笑った。

「いいか、頭を使ってよく考えろ」

そう言ってこめかみの辺りを軽く指で叩く。

「いまお前は手足を縛られた状態で高いビルの縁に立たされていると思え。もし答えを間違えたり嘘をついた場合は、俺がお前の背中を押す。片手で、ほんのちょっと押せば十分だ。想像したか?」

ぼくはうなずいた。

「じゃあ、もう一度聞くぞ」

百瀬の顔から笑みが消えた。

「お前たちがいま調べている事件について、知っていることを全部話せ」

百瀬が何を知りたがっているのか分からなかったし、そもそもぼくが知っていることなどほとんどない。あっさりと話してしまえばすむことだった。

「何も知りません」

それなのに、ぼくの口から出たのはそんな言葉だった。遅れてきた反抗期だ。しかもこんなときに。

横に立っていた男がまたぼくを殴りつけると、百瀬がそれを手で制した。

「言ったはずだぞ、よく考えろってな」

百瀬はソファの背にもたれ、ゆっくりと足を組んだ。

「俺は人を殺すことに何の抵抗もない」

百瀬は引きつれた頬を指先でかいた。

「キイチから俺の代償の話は聞いたか？」

ぼくは体を起こし、首を横に振った。

「俺の代償は人間の憎悪だ。俺を見たやつは何の理由もなく、俺に対して憎しみを抱く」

百瀬は顔の傷を見せながら、

「おかげでこの有様だ」

と小さく笑った。

「カッターやナイフで切られたこともあるし、熱湯をかけられたこともある」

そう言って黒いアイパッチを持ち上げる。白く濁った瞳が一瞬見え、ぼくはすぐに顔を伏せた。

「タバコの火で眼球を焼かれたこともな」

アイパッチを戻し、百瀬は事務所にいる二人の男を見た。

「こいつらだって俺を殺したくてうずうずしてるはずだ」

二人は否定せず、ただ気味の悪い笑みを浮かべていた。

「代償が始まったのは、中学二年のときだ」

百瀬は静かに話し始めた。

ある日突然、百瀬に向けられる周囲の目が変わったそうだ。その目は憎しみに満ちていた。それが暴力というかたちになって現れるのに、そう時間はかからなかったという。

「みんなニヤニヤ笑いながら、楽しそうに俺を殴ったよ」

その暴力は、日に日に凄惨《せいさん》さを増していったそうだ。

「毎日のように殴られ、顔や体を切られた」

数人に抱えられ遊び半分で二階の窓から投げ落とされたことも、真冬のプールに放り込まれたこともあったそうだ。

「便所の水なんてどれだけ飲んだか分からないくらいだ」

傷の中には親や教師につけられたものも少なくなかったという。

「朝になってまず思うのが、その日一日生きていられるかってことだ」

それを助けようとするものは誰もいなかったと百瀬は言った。ろくに食事も与えられず、生きるために食べ物を盗み、金を盗んだ。周りにいるすべての人間が敵だったと。

「俺にとって死は恐怖じゃない。そんな毎日から解放されるんだからな。むしろ生きていること自体が、その一秒一秒が恐怖だった。だが死のうとは一度も思わなかった。俺が死ぬのは周りのやつらを全員殺してからだってな」

その思いだけが百瀬を支えていたそうだ。

「動けなくなるまで父親に殴られ、母親に包丁で肩を刺された日、俺はとうとう二人を殺した」

百瀬は歪んだ笑みで「一度な」と意味ありげに呟いた。

「十八のときだ。その事件がきっかけで俺は組織に拾われた。そこにピギーと呼ばれる殺しを専門にしているやつらがいることを知って、俺はすぐに志願した。ただ残念ながら、俺には人を殺せるような能力はなかった」

百瀬は自嘲《じちょう》するように、引きつれた顔で笑った。

「だから俺は能力を使わなくても簡単に人が殺せるほど、それこそ死ぬ思いで毎日訓練を受けた」

百瀬はデスクのほうに目をやった。

「あのとき、マキはまだ十三だった」

なぜマキさんの名前が出たのか不思議に思っていると、百瀬が興味深そうに身を乗り出した。

「お前、知らないのか？」

百瀬が顔を覗き込む。

「あいつはもともとピギーだ。あんな優秀なピギーはそういないくらいのな」

百瀬は静かに言った。

「ガキのころから殺しの訓練を受けたやつはそういない。銃やナイフの扱いであいつの右に出るものはいなかった。おまけにあの能力だ」

ぼくは眉をひそめた。

「体の水分や血が沸騰した人間を、見たことがあるか?」

そう言って百瀬はニヤッと笑った。

「あいつは、根っからの人殺しだ」

百瀬は小さくため息をついた。

「それがまさか、あのバカと組むとはな」

そう言ってしばらく窓の外を眺めたあと、百瀬がふっと笑った。

「中学二年のとき、あいつは同じクラスだった。あの日も、今日みたいな雨だった」

百瀬はいつものようにクラスメイトから暴力を受けていたという。数人が百瀬の体をうつぶせに押さえつけ、馬乗りになった生徒が彫刻刀で背中に「クズ」と彫ったそうだ。やったのは少し前まで一番仲のよかった生徒だったらしい。教室にいた女子生徒たちも、手を叩いて笑っていたという。

「そのとき、教室の隅で頭を抱えてたやつが、突然近くにあった椅子や机を蹴り飛ばして暴れ始めた」

百瀬はぼくを見てニヤッと笑った。

「教室にいたやつを片っ端から殴り倒しやがった。女もだ。気がつくと、血だらけの床に全員が転がってた。笑ったよ、こいつ頭がイカれてるってな」

そして最後に百瀬のところへ来ると、「お前もうるせえんだよ、頭に響くだろ」と言って笑い続ける百瀬を殴ったそうだ。

百瀬はじっとぼくを見つめたまま、

「憎しみじゃなく怒りで暴力を受けたのは、あのときだけだ」

と言った。

「だからどうってわけじゃない。たまたまあいつの代償が始まったのが同じ時期で、俺への憎しみより自分の代償に気を取られてただけってことだ。それがなければ、あいつも他のやつと同じように、俺の体を切り裂いて楽しんでただろう」

百瀬は「それが俺の代償だ」と口の端で笑った。

「もう一度チャンスをやる。最後だぞ、よく考えろ」

そう言ってポケットから出したバタフライナイフを慣れた手つきで開き、刃先をこちらに向けたとき、

「何やってんだよ」

という低い声がドアのほうから聞こえた。ドアの前には、キイチさんとマキさんが立っていた。

横にいた麻袋の男が、首を鳴らしながらゆっくりと二人に近づく。

「やめとけ」

百瀬はナイフの刃を眺めたまま静かに言った。男は止まらなかった。

長い腕を伸ばし男がキイチさんの胸ぐらを摑もうとしたとき、静かだった事務所に破裂音が響いた。ぼくは驚いてびくっと身を縮めた。

男が叫び声を上げながら床を転げ回るのを見て呆然としていると、

「早く連れてったほうがいいぞ」

とキイチさんが百瀬に言った。

キイチさんの手に銃があるのを見て、それが銃声だったことにようやく気づいた。

男は足の甲を打ち抜かれていた。

百瀬はナイフを閉じてソファから腰を上げた。

「お前の頭がイカれてるのは代償のせいだと思ってたが、どうやら違うようだな」

百瀬はドアに向かって歩き出した。

「お前もだ。昔は知らねえが、いまお前が憎まれてるのは代償のせいじゃねえ。性格だ」

百瀬は鼻で笑うと、二人の横を通り過ぎ事務所を出て行った。百瀬の後ろにいた小柄な男が、床にいる男を抱えながら青ざめた顔であとを追った。

「大丈夫か、瞬」

「……いいえ」

体の力が抜け、ぼくはソファにぱったりと倒れた。

2

傷の手当てをしてもらったあと、事務所を片付けるキイチさんを残しマキさんと一緒にビルを出た。外はすっかり暗く、雨はもう止んでいた。

「そういえば、病院にいたあの男、肛門から手を突っ込んで腹話術人形みたいにしてやるんじゃなかったっけ？」

マキさんが言う。

「まあ、今日のところは見逃してやりました」

「へえ」

マキさんはそっけない返事をして歩き出した。

「アパートまで送るわ」

「大丈夫ですよ」

「夕食もまだだし」

……ただラーメンが食べたいだけか。ぼくたちは裏通りを並んで歩いた。

百瀬の話を聞いてから、何となくマキさんの顔をまともに見ることができなかった。別にピギーだったからどうというわけじゃなく、ただぼくが知っていいことではないような気がして、何を言ったらいいのか分からなかった。

いつもなら何でもない沈黙が、やけに重く感じた。

「雨、止みましたね。明日はどうでしょう、晴れますかね」

それを埋めようと、どうでもいいことを口にする。

「歩きだと学校も事務所もけっこう時間かかるんですよ。この前、傘をさしながら自転車に乗ってたら転んでびしょ濡れになっちゃって。まあいつものことですけどね。あっ、ところで何食べます？」

無言で歩き続けるマキさんにちらっと目をやる。

「……ラーメンですよね。今日はどこにしましょうか。この前は確か――」

「百瀬から聞いたの？」

マキさんがいつものように淡々と言った。

「ええ、まあ、ちょっとだけ……」

視線を落としながら曖昧に答える。マキさんは、

「別にいいわよ、隠してたわけじゃないし」

と鼻で笑った。

「小さいころに母親が死んで、それからはずっと父親と二人きりだった。父親にも能力があったのよ。幹部の一人で、村井さんと同じような立場だったわね」

「村井さんて幹部なんですか」

「そうよ」

どうりで財布が分厚いわけだ。

「だからわたしは他の人と違って、能力や代償が始まったとき何の抵抗もなかったの」

それに気づいたのは八歳のときだったそうだ。すぐに父親が組織に入れ、ピギーとしての訓練を受けたという。

「他の子供たちがボールや人形で遊ぶように、銃やナイフを扱ってたわ」

ぼくたちはアパートに囲まれた小さな公園に入り、木の陰になっている乾いたベンチに腰を下ろした。

「初めて人を殺したのは、十四のときよ」

マキさんは灰色の雲がゆっくりと流れている夜空を見上げた。

「相手は八人の女の子をレイプしたあと焼き殺していた男よ。生きたまま火をつけてね。窃盗の容疑もあった」

「警察には捕まらなかったんですか」

「証拠が何も出てこなかったのよ。そいつは顔や指紋を変える能力を持ってたの。結局、警察ではどうすることもできなかった。それでわたしに、その男を殺す命令が下されたの」

一瞬だったそうだ。

「何も感じなかったわ。そう訓練されてきたから」

十四歳だったマキさんは、ナイフも銃も使わずにその男を殺したのだそうだ。

「何十人もの犯罪者を、そうやって殺してきた」

とマキさんは言った。

百瀬が言ったとおり、マキさんは優秀なピギーだったようだ。

「ただ、そのうち分からなくなったのよ。命の価値みたいなものが。他人のも、自分のもね」

マキさんはベンチの背にもたれ、視線を落とした。

「目の前で簡単に人が死ぬのを何度も見たわ」

何も言えず、ぼくはただ黙ってそれを聞いていた。

「部屋の明かりを消すみたいに、何の意味もなく人生が終わるのを。路地裏や部屋で、突然やってきた死にどうすることもできないままね」

それはマキさんの中に、少しずつ根を張っていったそうだ。

「十八のとき父親が死んだの。能力者に殺されたのでも任務中の事故でもなく、見通しの悪い道路を渡ろうとして乗用車に轢かれただけ」

マキさんは小さく笑った。

「あれだけ危険な場所に何度もいた人が、まさかそんなことで死ぬなんて思ってもいなかった」

それからマキさんは、ほとんど眠らなくなったそうだ。

「夜が明けてベッドから出ても、ずっと浅い夢の続きを見ているようだったわ」

銃弾が飛び交う中を散歩でもするように歩き、床に転がった死体を見てそれが殺した相手なのか自分なのかも分からなくなっていったという。

「そこにいるはずなのに、いつも一歩離れた場所からそれを見てるみたいにね」

そう言ってマキさんはベルトの太い腕時計を外した。

「痛みはなかったわ」

手首には真っ直ぐな傷跡があった。

「死にたかったわけじゃなくて、生きてることを確かめたかったの」

部屋で倒れているマキさんを見つけたのは、内海さんだったそうだ。

「内海は父親の部下だったの。わたしがまだピギーとして人を殺すようになる前から、よく家に遊びに来てたわ」

様子がおかしかったマキさんを心配して、内海さんはたびたびマキさんの部屋を訪れていたそうだ。そのあと内海さんの紹介で、村井さんに会ったという。

「上もきっともてあましてたんでしょうね、頭のおかしいピギーなんて」

マキさんは肩をすくめた。

「そのあとすぐに、わたしは村井さんに預けられたの」

それからは村井さんの部下だったキイチさんと組み、事件の調査や軽い罪を犯している能力者を組織に連行するような仕事に変わったそうだ。

「それでもまだ、ずっと夢を見ているような感覚は消えなかった。キイチのあとについて、簡単な仕事をただこなしていただけ。あの日まではね」

マキさんは細く白い手を眺めながら、

「あの日も、簡単な仕事のはずだった」

と呟くように言った。

それは窃盗を繰り返している少年グループを組織に連行するというものだった。少年たちが入った店で、腕時計や宝石がたびたびなくなっていたそうだ。

何度か警備員が少年たちを調べたが、ポケットやカバンの中からは何も出てこなかったという。

「何かしらの能力が使われているのだろうってことになって、わたしたちは少年たちのいるアパートに行ったの。キイチが鍵を開けて中に入ると、彼らは驚いたように顔を上げた」

少年たちは銃を持ったキイチさんを見て、抵抗する様子もなくすぐに両手を上げたそうだ。

「わたしはキイチのあとについて部屋へ入ったわ。まったく警戒せずにね。キイチが少年たちを拘束していくのをぼんやりと眺めてたとき、少年の一人がわたしに手を差し出したの」

握手でも求めるかのように差し出された手を、わけが分からずにただ見つめていると、彼らはニヤニヤと笑い出したそうだ。

「その少年には、持っているものを消す能力があったの」

マキさんは視線を落とした。

「その手には、銃が握られてたのよ。少年は楽しそうに笑いながら、見えない引き金をひいたわ」

そう言って、マキさんは小さく息をついた。

「六発よ。銃口はわたしに向いてた。でも弾は一発も当たっていなかった」

マキさんはゆっくりと顔を上げ、ぼくを見つめた。

「わたしの前に、キイチが立ってたの」

そのあとのことは、よく覚えていないそうだ。

「気がつくと、みんな死んでたわ」

床にへたり込み血だらけのキイチさんを抱え、震える手で村井さんに電話したとマキさんは言った。

村井さんが部屋へ駆け込んできたとき、その後ろにはなぜか百瀬がいたそうだ。

「わたしはすぐに部屋を出されたの。外は雪が降ってたわ。白いコートが、血で染まってた。初めてよ、人の死があんなに怖かったのは」

そしてマキさんは静かにこう言った。

ポケットに入れた手に銃が触れ、それを掴み銃口を自分のこめかみに当てて、落ちてくる雪をぼんやりと眺めながら引き金をひいた、と。

「……でも、弾は入ってなかった」

ベンチの背にもたれたまま、マキさんは赤いコートのポケットから銃を出した。ぼくは思わず身を引いた。前に一通り使い方を教わったが、やはり見慣れることはなかった。

マキさんはグリップから弾倉を出し、それをぼくに見せた。そこにも、弾は入っていなかった。

「キイチがいつもこっそり抜くのよ」

マキさんは鼻で笑った。

「重さで分かるのに。あのときは動転してて気がつかなかったけどね」

雲が流れ、月の光が周囲をぼんやりと照らす。

「初めて会ったときキイチが言ったの。お前はもう人を殺す必要はないって。眉間にしわを寄せながら無愛想な顔でね」

からの弾倉を見つめながら、マキさんは静かに話を続けた。

雪が舞うアパートの前で呆然と立っていたマキさんは、遠くで聞こえていた救急車のサイレンがすぐ近くまで来たとき、ようやく我に返ったそうだ。

「救命士がすぐ横を通って部屋へ入って行ったわ。出てきたとき、担架にはキイチが乗っていた」

マキさんは眉を寄せた。

「確かにあのときキイチは死んでた。でも担架で運ばれて行くキイチは、なぜか生きてたの」

マキさんはしばらく黙り込んだあと、

「おそらく、百瀬よ」

と小さく呟いた。

「どういうことですか？」

「百瀬が持っているのは、たぶん人を生き返らせる能力よ」

冗談でも言っているのかと思ったが、マキさんの顔は真剣だった。

「……まさか」

マキさんは首を横に振った。

「すべての弾が当たったはずなのに、キイチの体から出てきたのは三発だけだった。本当のことは分からないわ。村井さんに聞いても教えてくれないし。でも、それしか考えられない」

マキさんはふっと笑った。

「まさかあんなに人間を嫌ってるやつに、そんな力があるとはね」

まったく信じられず、ぼくはマキさんを見つめた。

「あれ以来、白いコートが着られなくなったわ」

マキさんは小さく肩をすくめた。

「百瀬のことは、キイチも薄々気づいてるみたい。だからキイチは百瀬にどこか負い目を感じてるのかも。学生時代のこともあるしね。前に言ってたわ、あいつが切られるのを見て俺もどこかで楽しんでたかもしれないって。それが百瀬の代償だから仕方ないのに。酔ってヒナギを殴ったのも、そのころだったかもね」

マキさんはもう片方のポケットから別の弾倉を出した。そこには弾が入っていた。

「もうこれを自分に使うことはないわ」

　そう言って弾倉を握りしめる。

「ちゃんと生きることにしたの。でもいまさら自分のために生きようとは思わない」

　マキさんはじっとぼくを見つめた。

「わたしは、キイチにあのときの借りを返すために生きてるの」

　マキさんは視線を外し、

「そのときは迷わずにこれを使う」

　と言って弾の入った弾倉をポケットに入れ、からの弾倉を銃に戻した。

「あんたにもラーメンくらいの借りは返さなきゃならないしね」

　ぼくはふと二人が部屋に来たときのことを思い出した。殺されると思い、泣きながら失禁したときのことだ。きっとあのときも、マキさんは自分の銃に弾が入っていないことを知っていたのだろう。

　冷たいし意地が悪いし口も悪いし、そのうえすぐ殴るし。どこを探しても好きになれるところなど一つもなかったが、それでもなぜか、ぼくはずっとこの人のことを嫌いにはなれなかった。

　その理由が、少し分かった気がする。

「マキさん、今日はそばにしましょうよ」

マキさんがあからさまに嫌そうな顔をする。

「おごりますから」

ぼくはまったく気が乗っていないマキさんの腕を引いて、駅前にある立ち食いそば屋へ向かった。

仕事帰りのサラリーマンにまぎれ、ぼくたちは並んで天ぷらそばを啜った。切れた口の中が痛み、なかなか食べられないぼくのことなど気にもせず、マキさんは夢中で食べ続けていた。

店から出るとマキさんは、

「これはあんたが誘ったんだから借りにはならないわよ」

といつものように憎まれ口を叩いた。

「分かってますよ」

柔らかい風が吹き、街路樹が小さな音を立てて揺れた。見上げると、灰色の雲はもうどこかへ消えていた。東京の夜空にも、星があった。

3

「開いてるぞ、入れよ」

ドアをノックすると中から声が聞こえた。

「失礼します」

部屋の床は相変わらずお菓子の袋で埋まっていた。靴を脱ぎ、袋をどかして座る場所を確保する。

「その辺のものは適当に食べていいぞ」

咲也さんはパソコンのモニターを見つめたまま言った。

「で、何を見れば――」

顔をこちらに向けたとたん、咲也さんはそう言いかけたまま、半開きの口であ然となっていた。

「何だよ、その顔……」

ほとんど目も開けられないほどぱんぱんに腫れあがった赤紫色の顔で苦笑いする。

「笑うなよ、怖いって」

咲也さんは顔を引きつらせた。

「ちょっと、殴られまして」

「ちょっとでそんなになるか」

気味悪そうに咲也さんが覗き込む。

「誰にやられたんだよ」

「事務所に百瀬って人たちがきて」

「百瀬が？」

「ええ、知ってるんですか」

「有名だよ。能力も使わずに簡単に人が殺せるって。俺は何度か見かけたことがあるくらいだけどな」

咲也さんは眉をひそめた。

「何で百瀬がお前のところに」

「こっちが聞きたいくらいですよ」

苛立ちながら床にあったせんべいの袋を開ける。

「でも事件のことについて聞かれました。お前が知ってることを全部話せって。で、こうなりました」

「話さなかったのか」

「はい」

「バカだな」

咲也さんは呆れたように言った。

「どうせまだ何も分かってないんだろ」

「まあそうなんですけど……」

せんべいを小さく割ってから口の中に入れた。痛すぎてほとんど嚙まずにそのまま飲み込んだ。

「それにしても」

咲也さんは丸いあごに手をやり考え込んでいた。

「何の情報もないのにピギーを動かしたってことは、上も相当あせってるな」

「アヤカですか」

「ああ、おそらくすべての事件の首謀者ってことになったんだろうな」

「あの、咲也さん」

ぼくはためらいながら言った。

「ピギーって何なんですか」

咲也さんは一瞬だけ目を上げた。

「聞いたのか、マキさんのこと」

「咲也さんも知ってたんですね」

「まあな」

背中を丸め、小さく息を吐く。

「誰かに聞いたわけじゃない。俺の場合、いやでもいろんなものが見えちまうことがあるからな」

咲也さんは自嘲気味に言った。

「それについて話したことはないけど、マキさんも分かってるんだろうな、俺が知ってるって」

「そうなんですか」

「だからどうってわけじゃないけどな」

ぼくはため息をついた。

「今まで深く考えていませんでしたけど、ぼくたちがやってることってそんな簡単なものじゃないんですね」

「お前がいろいろ考えたってしょうがないだろ」

咲也さんは冷めた目で言った。

「そんなこと誰もお前に望んでないしな」

「まあ、そうでしょうけど……」

「とにかく気をつけろよ。ピギーに関わるとろくなことないぞ」

「もう知ってます」

ぼくは腫れた顔を撫でた。

「それより何なんだ、見てほしいものって」

「あ、そうでした」

リュックからファイルを出し、はさんでおいた数枚の写真を床に広げる。

「前に言ってたもう一人の男が、この中にいるかと思って」

咲也さんは写真を手に取った。

「それは園田和弘という男で、事件の容疑者になってます」

「事件？」

「一年くらい前、あの病院で働いていた青木という男が行方不明になったそうです」

ぼくは青木の写真を指差した。

「そしてそのあと、小池と篠宮という職員が殺されています」

咲也さんは二人の写真に顔を寄せた。

「こっちが職員だった垣原という人と院長の平沢さんです。この二人には会って話も聞きました。あとこれは女性なんですが、谷本景子という看護師です」

しばらく床の写真を眺めていた咲也さんは、やがて顔を上げると首を横に振った。

「はっきりと見えたわけじゃないけど、たぶんみんな違う」

「そうですか」

期待が外れ、ぼくは肩を落として広げた写真を集めた。

「キイチさんたちが病院で車椅子の跡を見たそうです」

「車椅子の跡って、別荘にもあったんだろ」

「はい」

「じゃあ、その病院にアヤカがいるってことか」

「もしそうだとしたら、この中の誰かがアヤカの指示で赤石さんや内海さんたちを殺したんじゃないかと思ったんですけど」

咲也さんが写真の束を手に取る。

「考えられなくはないな」

咲也さんは束の中から園田の写真を抜いて床に置いた。

「例えばこの男が、逃げ出そうとした職員たちを口封じのために殺したって可能性はある」

青木、篠宮、小池の写真を脇に寄せ、咲也さんは残った写真を並べた。

「ただ少なくとも赤石さんを殺したやつは、この中にはいないな」

「でも車椅子の跡があったってことは、少なくとも平沢院長は何か知ってるはずですよね」

「だろうな」

咲也さんは院長の写真をつまみ上げた。

「病院に車椅子の跡があってもおかしくはないが、赤石さんが事件を追ってあそこに行きついたとなれば、何か関わりがあるはずだろう」

「……全部アヤカがやったんでしょうか」

　咲也さんは写真を置いた。

「別荘で六人を殺し合わせて、その調査を始めた人たちを消し、病院の職員も殺した。しかも分かってる限りでは、自分の手は一切汚してない」

「そんなこと、できるんですかね」

「さあな。でももしそうだとしたら、とんでもなく恐ろしい化け物ってところだな」

「……恐ろしい化け物、ですか」

　ぼくはふとあの夜のことを思い出した。

「そういえばこのあいだ、アパートの近くで妙な人たちに脅されたんです」

「妙な人たち？」

「黒い法衣みたいなのを着てナイフを持ってました。アヤカには近づくなって言われて」

「園田ってやつか」

「たぶん違うと思います。それに内海さんたちを殺したのも、その人たちじゃなさそうでした」

「何なんだ、そいつら」

「分かりません。ただ、お前もあいつらの仲間かって」

「あいつら？」

咲也さんは眉をひそめた。

「他にもアヤカを探してるやつがいるってことか」

ファイルを手に取り、咲也さんはそれを最初から読み返した。

「大きな思い違い、か」

「内海さんが言ってたことですか」

「ああ」

咲也さんはファイルに目をやりながら呟いた。

「俺たちは、どんな思い違いをしてるっていうんだ――」

4

「よお瞬、ずいぶん派手にやられたらしいな」

事務所のソファに寝転がって雑誌をぱらぱら眺めていると、そう言って村井さんが入ってきた。

「見れば分かるでしょ」

雑誌をテーブルに置いて体を起こし、ぼくは向かいに座った村井さんにまだ腫れの引かない顔を向けた。

村井さんは笑いそうになるのを必死でこらえているようだった。

「何とかして下さいよ、あの百瀬ってひと」

「何とかって何だよ」

「檻に入れておくとか鎖で繋《つな》いでおくとか」

「できるわけないだろ……」

「あんな凶悪な人を野放しにしておいていいんですか」

「俺に言うなよ」

「村井さん、幹部なんでしょ」

「幹部なんていってもなあ」

村井さんは苦い顔で俯いた。

「要するに中間管理職みたいなもんだ。強い権限があるわけでもねえのに、責任だけは取らされる。上からは無理を言われ、下からは文句を言われ……」

村井さんは疲れたサラリーマンのように深いため息をついた。

その文句を言う当の二人は、ぼくがアパートの前で見かけた園田を探しに行ったままだった。外はもうすっかり日が暮れていた。

「そもそも組織って、どんなものなんですか？」

「まあ簡単に言えば警察の外部機関みたいなもんだ」

村井さんはタバコに火をつけ、ソファの背にもたれた。

「まず一番上に最高幹部ってのがある」

「最高幹部？」

「ああ、そこには組織の創設メンバーがいるそうだが、はっきりしたことは誰も知らない。たいていの事件はそこが国や警察から要請を受けて、俺たち幹部に指示が下されるって仕組みだ」

「誰も知らないって、キイチさんやマキさんも？」

「ああ」

「でも村井さんは知ってるんでしょ」

「いいや、声すら聞いたことねえよ」

「じゃあその指示は誰が」

「別の人間だ。俺たちから連絡を受けるのもな。電話を通して能力をつかえるやつもいるからな」

「国の要人なみですね」

「それ以上だよ。その力を利用すれば、世界を滅亡させることもできるって話だ。まあ、あくまでも噂だけどな」

「へえ」

こういう噂は、たいてい尾ひれがつくものだ。

「村井さんみたいな幹部って何人くらいいるんですか？」

「いまはたぶん十人くらいだろう」

それがはたして多いのか少ないのかも分からない。

「幹部にはたいてい二、三人の部下がいて普通の捜査ならそいつらがやるんだが、ただ特殊な事件の場合はそれに適した能力者に直接指示が行くこともある。そういうときには、俺たちにも情報は回ってこない」

村井さんは煙を細く吐いた。

「今回の事件なんかがそうだ。何人かが行方不明になってるのは聞いてたが、それを内海が追ってることは俺も知らなかったからな」

「内海さんてマキさんのお父さんの部下だったんですよね」

「ああ、でもマキの親父が死んだあとは誰の下にも付こうとしなかったんだ。俺は幹部に推したんだが、本人がいやだと言ってな」

「そんなにすごい人だったんですか？」

村井さんはあごに手を当てて考え込み、

「すごいってのとは、またちょっと違うかもな」

と言った。

「物腰の柔らかい静かな男だった。会ったころは地味でたいした印象はなかったが、そのうち気づいたんだ。こいつといて不快に思ったことがないってな。なかなかいねえぞ、そういう奴は」

確かに咲也さんも、内海さんのことを慕っていたようだ。

「いいか瞬、幹部になるにはその能力だけじゃなく、人格も大事なんだ」

自分で言ったぞ、この人は。しかもちょっと得意げな顔で。

もしかして村井さんがなれるならぼくでもなれるかも、と思わせてしまうのがこの人のすごいところかもしれない。

「幹部やその部下じゃない組織の人っていうのもいるんですね」

「咲也やヒナギもそうだぞ。あいつらは受けた依頼をこなして、その報酬をもらってるんだ」

会社で言えば最高幹部が重役で、村井さんたちは部長とか課長あたりか――。キイチさんやマキさんが普通の社員でぼくがバイト。ほかはみんなフリーランスというわけだ。

「居場所を明確にしたり行動範囲を制限されたり、多少の規制はあるが、組織にいることで命の保障はされるからな」

「命の保障って、誰かに狙われてるんですか」

「まあな」

まさか、巨大な悪の組織でもあるのだろうか。

「誰に？」

「そりゃあもちろん国にだ」

村井さんは当然のことのように言った。

「悪いことでもしたんですか」

「いいや、何もしてない。いまはもうそんなことはなくなったが、組織ができる前は能力者ってだけで命を狙われてたんだぞ」

短くなったタバコを村井さんは灰皿でもみ消した。

「瞬が生まれるずっと前の話だ。俺がいまの瞬よりも若かったころだな」

「どうしてそんなことに」

「国は能力者の存在に気づいて、その力を利用しようと考えたんだ。ただ、中にはそれに従おうとしないものもいた」

村井さんは顔をしかめた。

「国はその力を恐れて、そういった連中を殺していったんだ」

「まさか」

笑いながらそう言うと、村井さんは首を横に振った。

「能力者狩りってやつだ。俺はまだ自分の能力に気づいてなかったから、実際に何があったのかは分からないがな」

村井さんは新しいタバコに火をつけた。

「ピギーはもともとそのときにつくられた、能力者を殺すための集団だ」

「えっ」

「噂では何人もの犠牲者が出たらしい。そこで数人の能力者が集まり、それに対抗したそうだ」

タバコの煙を深く吸い込み、

「それが、いまの最高幹部ってわけだ」

と言った。

「で、しばらく膠着《こうちゃく》状態が続いたとき、その能力者たちがある提案をした」

「提案？」

「ああ、共存だ。協力するかわりに、能力者たちの身の安全を保障させたんだ。国もこのままってわけにはいかないと考えて、それを受け入れた。で、ピギーも組織の管理下におかれ、いまの状態になったわけだ。ただ――」

村井さんは険しい顔で腕を組んだ。

「最後までそれに反対した男がいたそうだ。ビトウという名で、その男の右手は絶望の手と言われていたらしい」

「何だか怖そうな手ですね……」

「ああ、触れられたやつは最も大切にしているものを失うって話だ。地位や財産を失うものもいれば、妻や子供を失うものもいる。まさに絶望の手ってわけだ」

「どうしてその人は最後まで反対を？」

「能力者狩りで奥さんを殺されたらしい。結局その男は組織には残らず、姿を消したそうだ。二度と能力を使わない証に、右手を置いてな」

村井さんは重いため息をついた。

「平和的な解決ってことにはなってるが、その陰にはたくさんの犠牲があったんだ」

すっかり信じたわけではないが、何となく気が重くなった。

「まあとにかく、組織ができたおかげでいきなり殺されるようなことはなくなった。特別対象者じゃなければな」

「何ですかそれ」

「特に危険な能力と判断されたやつだ。万が一のときは、最高幹部の許可がなくても殺していいことになってる」

「へえ」

「ちなみに瞬もそうだぞ」

村井さんはあっさりと言った。

「は？」

「だから、瞬もその特別対象者に指定されてるんだ」

言っている意味がよく分からず、ぼくはしばらくきょとんとしたまま村井さんを見つめた。

「じゃあ、ぼくはいきなり殺されるかもしれないってことですか！」

思わずテーブルを叩いて立ち上がると、村井さんは困ったような顔で笑った。

「心配するな。万が一のときだけだから」

「万が一ってどんなときですか」

「そりゃまあ、色々と……」

「色々あったら『万が一』じゃないでしょ！」

ぼくは頭を抱え、崩れるように腰を下ろした。前に安永が『特別』と言っていたのは、このことだったのか。

ぼくははっと顔を上げ、慌てて窓に駆け寄りブラインドを下ろした。

「どうした」

「もしかしたら向かいの建物から、誰かがライフルでぼくを狙ってるかもしれない」

「そんなわけないだろ……」

おろおろと事務所の中をうろついているぼくを、村井さんは強引にソファへ連れて行った。落ち込んだまま座っていると、村井さんはソファの背に掛けてあったスーツの上着をはおった。

「じゃあ君鳥のところでメシでも食うか。あそこなら安全だろ」

「こんな顔でニナに会いたくないですよ」

村井さんはふてくされているぼくの肩に手を乗せ、

「いいか瞬、女ってのは弱った男を見ると放っておけなくなるんだ」

と悪代官のような笑みを浮かべた。

「そうなんですか？」

村井さんは大きく二度うなずいた。

「そういうことなら、話は別ですね」

ぼくはいままでのことなどすっかり忘れ、ニヤッと笑みを返して同じように大きく二度うなずいた。

5

「ひでえ顔だな」

カウンターの中の君島さんは、腫れあがったぼくの顔を見て笑った。

ちらっとニナに目をやると、まるで不気味な生物にでも遭遇したかのように顔を引きつらせていた。

ぼくはほとんど開かない目で村井さんを睨んだ。村井さんはすっとぼけた顔で、目すら合わせようとしなかった。

……だまされた。

ニナはぜんぜん放っておけなくなってなかった。むしろ気味悪がっている。

「話が違うじゃないですか」

ぼくは責めるように小声で言った。

「そうか？　そんなことないような気がしないでもないけどな」

村井さんは目を泳がせながら、か細い声で答えた。

「そういえばこの前、咲也から電話があったぞ。事件の詳しい資料が見たいってな。珍しく、やる気な感じだったぞ」

話をそらそうとしているのがみえみえだ。

「へえ」

ニナに顔を見られないように俯きながら、ぼくはなげやりな返事をした。

厨房からニナが出てくるたびに顔を隠しているあいだ、村井さんはカレーライスやサンドイッチをもりもり食べていた。

「ニナの料理はこんなに美味かったのか」

ニナが嬉しそうに笑うと、村井さんはいい気になってさらに注文を追加した。ぼくは隣ですっかりからになったウーロン茶のグラスをストローで啜った。

君鳥さんにおかわりを頼んだとき、村井さんが持っていたスプーンを眺めながらふと笑った。

「なあ瞬、ユリ・ゲラーって知ってるか？」

「何ですか、それ」

村井さんがあ然とする。

「知らないのか」

「ええ、食べ物ですか」

「違う、人の名前だ。俺がガキのころ、超能力者として大人気だったんだぞ」

「まさか、その人が最高幹部の一人なんですか！」

「……いや、そういう話じゃねえよ」

村井さんは手にしたスプーンを擦りはじめた。

「こうやってるうちにスプーンを曲げちまうんだ。しかもテレビを通して念を送るから、俺たちにもできるって言ってな。それを見ながら兄貴と一緒に必死で擦ったよ」

「ああ、それなら俺もやりましたよ」

君鳥さんがウーロン茶をカウンターに置きながら言った。

「ぜんぜん曲がらなかったけど」

「俺もだ。ぴくりともしなかったよ。でもな――」

村井さんはぼくと君鳥さんを交互に見た。

「兄貴のスプーンは曲がったんだ」

君鳥さんが怪訝な顔で笑う。

「力で曲げたんじゃないですか?」

「かもな。でもそのときはびっくりしたよ。目の前で兄貴がスプーンを曲げたんだ。大人になっても、そのときのことは忘れなかった。いつか聞いてみようと思ってたんだが、俺が三十のときに事故で死んじまった」

村井さんはそっとスプーンを置いた。

「あれが何だったのかはもう分からないが、いまは聞かなくてよかったと思ってる」

「どうして？」

そう尋ねると村井さんはふっと口元を緩め、

「ロマンだよ」

と遠い目で言った。

ぼくにはその村井さんのロマンがまったく分からなかったので、とりあえず「へえ」とだけ言っておいた。

「それから何年か経ったとき、道を歩いてたら女の子が車道に飛び出して車にぶつかりそうになったんだ。そしたら突然、その子が道の端まで吹っ飛んでな」

「何もしてないのに？」

「ああ、運転手も驚いてたよ」

「でしょうね」

「女の子はかすり傷程度で済んだわけだ。驚いて辺りを見ると、学生服を着た高校生くらいの少年が立ってた。眉間にしわを寄せてな。お前がやったのかって尋ねると、そうだって答えた」

「そんなわけないでしょう」

「俺も最初はそう思った。とりあえずそいつを近くの喫茶店に連れて行って何かやってみろって言ったら、そいつはテーブルにあったスプーンを手に取って、それをぐにやっと曲げたんだ」

村井さんは半分ほど残っていたビールを飲み干した。

「それがキイチだ」

キイチさんの名前を聞いて、厨房からニナが飛んできた。

「それで何となく気に入っちまってな。上に頼んで俺の部下にしてもらったんだ」

君島さんは新しいビールを村井さんの前に置き、

「じゃあそのときキイチがスプーンを曲げてなかったら、村井さんの部下にはなってなかったかもしれないですね」

と微笑んだ。

「まあ、それはどうか分からないけどな。残念だったな瞬、本物のスプーン曲げが見られなくて。お前がいるところで、超能力者のスプーンは絶対に曲がらないからな」

そう言って村井さんは、のどを鳴らしながらおいしそうにビールを飲んだ。

「どうだ、瞬」

「どうって、何が?」

「だから、ロマンだよ。ユリゲてるだろ」

「……意味が分かりません」

村井さんは心外そうに眉を寄せ、小さく首を横に振りながらため息をついた。

そんなわけの分からない話を聞いているうちに、ニナと一度も言葉を交わさないまま、いつの間にか時間だけが過ぎていた。うきうきしながらのこのことやって来たぼくは、とんだピエロだった。

ところが、帰り際に奇跡が起きた。

「瞬、これ」

そう言ってニナがラップに包んだサンドイッチをカウンター越しに差し出した。得意げな顔になった村井さんが、ぼくを肘でつついた。

「ニナ……」

魔法だ。また恋という名の魔法が発動した。

涙ぐみながら笑顔を向けると、ニナは気味悪そうに引きつった笑みを返してすぐに目をそらした。

「冷蔵庫に入れておけば明日までもつから、よかったらキイチさんと一緒に食べて」

「……え？」

聞き間違いだろうか。

ぽかんとしながら眺めていると、ニナは「ん？」と屈託のない笑顔を向けた。

「いや、……うん、ありがとう」

とんだピエロに言えたのは、それだけだった。

一人でぜんぶ食べてやると思いながらサンドイッチを受け取ろうとしたとき、ニナの手がカウンターにある水の入ったグラスに当たった。グラスが倒れカウンターから落ちる。

「あっ！」

ニナがとっさに声を上げた。

グラスはぼくと村井さんのあいだに落ちて割れた。ニナがカウンターの中から慌てて飛び出してくる。

「すみません、大丈夫ですか！」

「ああ、俺は大丈夫だ」

村井さんが答える。

「瞬は大丈夫？」

「うん、大丈夫だよ」

ぼくは椅子から降りて、床に散らばった破片を拾った。

君島さんに見送られながら建物を出ると、村井さんがぼくの肩に手を乗せてきた。

「いいか、恋ってのはマラソンみたいなものだ。上り坂もあれば給水所もある。いろんなドラマの先に、ゴールはあるんだ」

村井さんはぽんとぼくの肩を叩き、

「ユリゲろよ、瞬」

と言い、軽く手を上げて去って行った。

……だから「ユリゲる」って何だ。

まったく心に響かないことをさも良さげな感じで言えるのは、村井さんの能力かもしれない。ぼくはサンドイッチをリュックに入れ、とぼとぼとアパートへ向かった。

——そのときは気づいていなかった。

ニナがグラスを倒したとき、いつもならかかっていたはずの水が、なぜかかからなかったのか。もしかしたらそれは、そのときもうすでに大きな不運の渦の中にいたからなのかもしれない。

6

大通りから外れ、いつもの静かな裏道に入る。周囲に人気はなく、小さなマンションや家の窓からもれる明かりが薄暗い路地を照らしていた。

ようやくアパートが見え始めたところで、

「町田君」

と声をかけられた。

振り返ると、見覚えのない三十代くらいの男が立っていた。

「ちょっといいかな、話があるんだ」

目の離れた面長な顔は何かの動物に似ていたが、名前は出てこなかった。

「ぼくにですか」

「ああ、君にだ」

たぶんライオンなどに食べられてしまうほうの動物だ。

「何でしょう」

不審に思いながら尋ねると、男はゆっくりと近づいてきた。

「アヤカのことだよ」

耳元に顔を寄せ、男は小声でそう言った。

「えっ」

どうしてアヤカの名前を……。

法衣を着た連中の仲間だろうか。それとも百瀬の部下か。

もし刑事ならぼくではなくキイチさんたちと話をするだろうし、キイチさんたちの知り合いならわざわざこんなところに来るはずがない。

「時間はとらせないよ」

薄い笑みを浮かべて道の先へ歩いて行く男のあとを、ぼくはゆっくりとついて行った。

　マンションに挟まれた薄暗い駐車場で男は足を止めた。

「町田君、俺たちの仲間にならないか？」

「仲間？」

　男は振り返ってうなずいた。

「俺たちは選ばれた人間だ。そう思うだろ」

「どういう意味ですか」

　男は肩をすくめた。

「隠す必要はない、ここには俺たちだけだ。腹を割って話そう」

　そう言ってニヤッと笑う。

「力のあるものが、その力に見合う正当な権利を主張するのは、決して傲慢なことではない」

「そうでしょうか」

「もちろん」

「その力を過信してるってことはありませんか？」

「若いのに謙虚だな」

　男は皮肉っぽく言った。

「俺たちは優れている。これはどうしようもない事実だ」

男がため息をつく。

「それなのに、どうしてこそこそと生きなければならない。君だって、心のどこかでそう思っているはずだ。下劣で何の力もないやつらが、なぜのうのうと生きているのかと。なぜ俺たちがそれに迎合しなければならないのかと」

見開いた小さな目で、男は宙を見つめた。

「だから俺たちは新しい世界をつくる。本来あるべき姿の世界だ」

ようするに、超能力を持った俺たちはすごいと言いたいのだろう。

だとしたらまったく共感しない。

それらしきものを一度も見ることがないまま、気がつけばこんな有様だ。しかもここにきてとうとう出た。

俺たちは選ばれた人間だ――。

いつか誰かが言いだすんじゃないかと思ってた。そんなことを考えていると、何だか腹が立ってきた。

「仲間になる気はありません」

ぼくはきっぱりと言った。

「ぼくも下劣で何の力もないやつらの一人ですから」

男は少し驚いたような顔をしたあと、小さく笑った。

「それより、アヤカのことを教えてください」

「そうか、仲間になる気はないのか」

「ええ」

「なら教える気はないな」

男はポケットからナイフを出した。

「ここで死ね」

ぼくはすぐに後悔した。嘘でも仲間になると言っておけばよかった。

「君とアヤカを手に入れて、俺が新しい世界の頂点に立とうと思っていたんだがな。あいつの考えはぬるすぎる」

「あいつ？」

「それから、俺のことをかぎまわってた連中を、さっき数人殺してきた。そういえば、君たちの事務所に行ったとき豚が一匹うろついていたから、ついでに始末しておいたよ。どうやらいろいろと知りすぎたみたいだ」

男の顔から笑みが消えた。

「……まさか」

ぼくは眉をひそめた。男は口元を歪め、刃先を向けたナイフを握り締めながら近づいてきた。

逃げ出すこともできず二、三歩後ずさったとき、突然周囲から黒い人影が一斉に飛び出してくるのが見えた。

人影は吸い寄せられるように男の周りに集まった。人影に囲まれた男は、長いうめき声を上げた。

やがて声が消え、見覚えのある法衣のような布をまとった黒い影がゆっくりと男から離れていった。それぞれの手に、大きなナイフが握られていた。男は体のあちこちから血を流し、崩れるようにその場に倒れた。

足がすくみ動くこともできずに呆然とそれを眺めていると、フードを目深にかぶったその中の一人がこちらに顔を向けた。

「こいつはとうとう俺たちの仲間を殺した」

アパートの近くで囲まれたときに聞いたのと同じ声だった。

「手を引け。いまこいつと一緒に、お前を殺すことだってできた」

フードの男がナイフを向ける。

「アヤカ様は俺たちのものだ。誰にも渡さない」

黒い影が散り散りに駐車場から去って行った。男はナイフを下ろし、こちらに歩いてきた。ぼくは息をのんで立ち尽くした。

男はぼくの横で立ち止まり、

「それをよく覚えておけ。もう三度目はないぞ」

と低く呟いて薄暗い道の先へ消えていった。

駐車場に転がっている血まみれの死体を震えながら見つめていたとき、ふとこの男が言ったことを思い出した。

ぼくは事務所へ向かって走りながら、村井さんに電話をした。

「村井さん、アパートの近くの駐車場で人が殺されました。あと、すぐ事務所に救急車を」

いまあったことを説明すると、村井さんは「分かった」と言って電話を切った。

繁華街の人ごみを抜けてようやく事務所にたどり着く。階段をかけ上がり、息を切らしながら四階の廊下に出ると、咲也さんがドアにもたれるようして座っていた。

「咲也さん！」

わき腹の辺りが血で染まっていた。

「……瞬か」

咲也さんが重そうに顔を上げる。

急いでかけ寄り、パーカーを脱いで血が流れ出している傷口に押し当てた。

「なれないことはするもんじゃないな」

そう言って力なく笑う。

「すぐに救急車が来ますから」

咲也さんは握りしめていた手をゆっくりと開いた。中にはくしゃくしゃに丸まった写真が入っていた。

「ずっと考えてたんだ、内海さんが言ってた『大きな思い違い』って何なのか。これを見てやっと分かったよ」

咲也さんが写真をぼくの手に握らせる。

「あの日本人形で俺が見たのは、この男だ」

ぼくはそれを開いた。

「……この人は」

7

キイチさんとマキさんは事務所のソファに向かい合って座り、腕を組みながら考え込んでいた。

「大丈夫だ、瞬。座ってろ」

落ち着かず部屋の中をうろうろしていると、キイチさんが声をかけてきた。肩を落としソファに座ろうとしたとき、事務所のドアが開き、村井さんが姿を見せた。

「咲也さんは？」

そう尋ねると、村井さんは眉を寄せたままキイチさんの隣に腰を下ろし、

「いま病院だ。詳しいことはまだ分からない」

と言ってタバコに火をつけた。マキさんは目を伏せ、重く息を吐いた。

近くの路地裏でも三人の男が殺されていたそうだ。おそらく法衣を着た男たちの仲間だろう。

村井さんはテーブルの上にあるしわの寄った写真を手に取った。

写っていたのは、別荘の事件を調査している途中に行方が分からなくなった灰野という男だった。

「直接会ったことはないが、灰野は能力者の匂いを嗅ぎ分けることができるらしい。その能力も代償も分かるそうだ」

そう言って写真をテーブルに戻す。

「前に瞬が会ったのも、この男なんだな」

「はい」

村井さんは内ポケットから出した二枚の写真をその横に並べた。

「灰野、柚木《ゆずき》、そして八神《やがみ》だ」

八神は、駐車場で殺された男だった。

「何かに巻き込まれて行方不明になったと思っていたが、そうじゃない」

長くなったタバコの灰が床に落ちた。

「こいつらはみんな、自分から姿を消したんだ」

「瞬が聞いた、新しい世界ってのをつくるためにですか」

キイチさんが写真を見ながら顔をしかめる。

「おそらくな」

村井さんはタバコをもみ消した。

「そんな下らないことで、内海は殺されたのね」

そう言ってマキさんがソファから立ち上がりデスクに向かったとき、事務所の電話が鳴った。

ぼくは手を伸ばして受話器を取った。

「さっきは悪かったね」

電話口から聞き覚えのある穏やかな声が聞こえた。

「けがはなかったかい？」

「あなたが、灰野だったんですね……」

三人が同時に顔を向ける。マキさんはすぐに駆け寄って、電話をスピーカーに切り替えた。黒衣の男たちに囲まれたとき、助けてくれた男の声が響く。

「缶コーヒー、ありがとう。おいしかったよ」

「どうしてこんなことを」

「言いわけをする気はないけど、さっきのは八神が勝手にやったことだ。内海さんのときもね」

「でも赤石さんを殺したのはあなたですよね」

「仕方なかったんだよ、どうしてもアヤカのことを組織に報告するって言うからね」

「アヤカというのは、何なんですか」

灰野は答えなかった。しばらく沈黙が続いたあと、灰野はまた穏やかな調子で話し始めた。

「さっきのお詫びに、プレゼントがあるんだ。四丁目に工事中のビルがあるから、そこまで来てくれるかな」

三人を見回すと、キイチさんがうなずいた。

「分かりました」

「じゃあ待ってるよ。よかったらみなさんもご一緒に」

電話が切れた。

マキさんがすぐにパソコンで場所を探す。キイチさんと村井さんは銃を出し、弾倉の中を確認した。

「あったわ」

地図を見たあと、ぼくたちはすぐに事務所を出た。

六階建ての小さなビルには足場が組まれ防護ネットが張られていた。ぼくたちは柵をまたぎ、建物の中へ入った。

瓦礫《がれき》をよけながら廊下を進み、コンクリートの暗い階段を上がる。

以前はテナントの入った雑居ビルだったのだろう。二階と三階には小さく仕切られた壁がまだ残っていた。

四階はフロア全体が見渡せた。奥に立つ人影に気づき、ぼくたちは足を止めた。

マキさんがポケットから銃を出す。ビルに入る前、キイチさんたちの後ろを歩きながら弾の入った弾倉にかえているのが見えた。

「すみません、わざわざ」

影がゆっくりと近づいてくる。三人がいっせいに銃を向けた。

「そんなものしまって下さい」

外からのかすかな光に照らされ、ほっそりとした柔和な顔が見えた。

「ただ話をしに来ただけですから」

アパートの近くでぼくを助けてくれたときと同じように、灰野は優しそうな笑みを浮かべていた。

「どういうことだ、灰野」

村井さんが銃を構えたまま言う。

「八神にはぼくたちも少し手を焼いていました。彼は選民的な思想が強すぎた」

灰野は肩をすくめた。

「ぼくが言っているのは、もっと単純なことです」

穏やかな声が闇に響く。

「世の中には足が速い人もいるし、絵が上手い人もいる。それと同じように、ぼくたちにもちょっとした特技があった。世界はそろそろ、それを認めてもいいのではないでしょうか」

「特技か」

キイチさんが鼻で笑う。

「化け物扱いされ隠れるように生きているものも、その能力や代償で虐げられているものもいる。組織は共存するためと言っていますが、本当にこれが共存なのでしょうか。ぼくはただ、ぼくたちが当たり前に生きられる世界をつくりたい。それだけです」

「いまの世の中に俺たちを受け入れる土壌はまだない」

村井さんが言った。

「世界は混乱し、争いが生まれるだけだ」

「革命の始まりというのは、いつの時代もそういうものです」

灰野は防護ネットの向こうに広がる街を見渡した。

「パソコンや携帯電話と同じですよ。すぐに人々はいままでそれがなかったことが嘘のように、当たり前の現実として受け入れます」

「お前のたいそうな講釈なんかどうでもいいんだよ」

キイチさんは銃を持った手で頭をかいた。

「お前は何を知ってる。アヤカってのは何者だ」

スライドを引き、銃を灰野に向ける。

「言っている意味がよく分かりませんが」

灰野は小さく首をかしげた。

「事件についてということであれば、そのほとんどを知っています」

そう言って天井を見上げる。

「ただもっと大きな意味で言っているのなら、ぼくは何も知りません。アヤカが何者なのかは、あなたがあなた自身を何者であるのか分からないのと同じように、誰にも分かりません」

今度はマキさんがスライドを引いた。

「理屈っぽい男は嫌われるわよ」

弾が装塡される音を聞いて、キイチさんが舌打ちした。灰野は薄く笑い、両手を小さく上げた。

「冗談ですよ」

ゆっくりと手を下ろす灰野の顔から笑みが消えた。

「事件から一年も経ったあの別荘で、匂いを嗅ぎ分けるのは苦労しました」

目を細め、ぼくたちを見回す。

「でもアヤカの匂いは特別だった。ぼくはすぐに匂いを追い、真相を知った。そのとき思ったんです、共存なんて見せかけだと。やはり父の言ったことは正しかった」

灰野は視線を落とした。

「ぼくが組織に入ったのはそれを確かめるためです。父は後悔していませんでした。組織を捨てたことも、右手を捨てたことも。ただ最後まで、母を殺したこの国を恨んでいました」

「まさか、お前」

村井さんは眉を寄せた。

「絶望の手を持つと言われたビトウという男は、ぼくの父です。灰野は死んだ母の旧姓です」

灰野が振り返ると、奥から数人の男が現れた。その中には写真で見た柚木の姿もあった。中央には後ろ手に縛られた男が両脇を抱えられて立っていた。

「さっき言ったプレゼントです。受け取って下さい」

縛られた男が投げ出される。男はよろめきながらこちらに近づき、ぼくたちの足元で倒れた。

園田だった。

「そいつに聞けば分かります。アヤカのことも、人間のあさましさも」

「違う、悪いのは俺じゃない！」

園田は床に倒れたままぼくたちを見上げた。

「新しい世界をつくるためにアヤカの協力が必要だったのですが、事態が大きくなりすぎてしまった。それに——」

灰野が周囲を見回す。

「アヤカの力を借りなくても、新しい世界を望むものがこうして集まりつつある」

ぼくたちはいつの間にか多くの影に囲まれていた。

「また会うときが来るでしょう。それまでによく考えておいて下さい。本当の化け物はぼくたちなのか、彼らなのか」

そう言って灰野は、闇の中に姿を消した。

第五章　愚者の楽園　―THE WORLD―

1

車から降りてマンションを見上げると、弱い雨が顔に落ちてきた。

灰野たちがいなくなったあと、園田はコンクリートの床にうずくまり、唸るようにして泣いた。その声は薄っすらとした闇を震わせた。

「俺が悪いんじゃない」

しかし園田は泣きながら、笑っていた。かすれた声でゆっくりと話し始めたときも、狂気じみた赤い目を床に向けたまま、ずっと笑っていた。

院長が別棟を使い始めたのを、最初は不思議に思ったそうだ。それはほかの職員たちも同じだったようだ。ただ院長の病気に気づいていた彼らは、誰もそのことを口にしなかったという。

次第にそれが当たり前のようになり、そんな疑問など忘れていたある日、診療時間も終わり何気なく外に出た園田は渡り廊下で職員が集まっているのを目にした。

そこにいたのは青木、小池、篠宮、そして垣原の四人だった。何があったのか尋ねると、小池が手にしていた鍵束を見せた。

それは院長のものだった。

たまたま通りかかった小池が見つけたのだそうだ。すぐに知らせようと思ったが、院長は昼ごろから外出したままだった。

そのとき、誰かが突然言い出した。

「別棟を見てみないか」

誰が言ったのかは覚えていないと園田は言った。ただ忘れていたはずの疑問が、ふと頭をよぎったという。

「ちょっと中を覗けば、それだけで気が済むはずだったんだ」

園田はすがるようにぼくたちを見回した。

その些細《ささい》な好奇心が、彼らを別棟に向かわせた。物置のようだった別棟は、すっかり整理されていたそうだ。埃《ほこり》が積もっていた床はきれいに磨かれ、古い器具もなくなっていた。

手前にあるいくつかの部屋を見て回り、そろそろ引き返そうとしたとき、その奥にある部屋から明かりがもれているのに五人は気づいた。顔を見合わせながら廊下を進み、彼らはその部屋の扉をそっと開けた。

そこにはうつろな目をじっと天井に向けた女が、ベッドに横たわっていた。

「しばらく誰も動かなかった。いいや、動けなかったんだ。突然何かに取り憑かれたように、そこから目が離せなくなった」

その光景が目の前にあるかのように、園田は見開いた目で宙を見つめていた。

「そのうち、青木がふらふらとベッドに近づいて彼女の体を起こそうとしたんだ」

園田の目が怒りを帯びる。

「何をする気か尋ねると、青木は彼女を連れて行くと言い出した」

それを不思議には思わなかったという。そのとき園田も同じことを考えていたからだった。自分が彼女を連れて行くと。

すぐに全員が青木を止めた。青木は彼らの手を振り払い、一人でアヤカを連れ出そうとした。

やがて口論になり揉み合いが起こった。

青木が強引にアヤカを抱え上げようとしたときだった。小池が近くにあった丸椅子を手に取り、青木に振り下ろした。頭から血を流し、青木は床に倒れた。

それが始まりだった。

彼らは近くにあった椅子や花瓶を手にして、お互いを襲った。そこには明らかに殺意があったと園田は言った。

もしそこに刃物があれば、全員を刺し殺していたと。

「彼女をほかのやつらに奪われたくない。ただそれだけだったんだ」

誰もがわれを忘れて争っていたところへ、院長が戻ってきた。

院長は驚いた様子で部屋に入ってくると、床に倒れている青木を見て深くため息をついた。

そのときもう、青木は死んでいた。

――院長も殺さなければ。

園田はとっさにそう思ったという。それはほかの三人も同じだったようだ。彼らは手にしたものを振り上げ、院長ににじり寄った。

そのとき院長が言った。

「最初は何を言っているのか分からなかった。でも次第にその言葉の意味を理解し、俺たちは同意した」

院長は、彼女を五人で分けようと言ったそうだ。

彼らは青木の死体を院長の家の裏庭に埋めたあと、彼女を手術室へ運び手足を切断した。

「これは、誰なんですか」

切断された右腕を抱えながら園田は尋ねた。

「アヤカだよ」

院長は呟くようにそう答えたという。

四人はそれぞれアヤカの手足を持ち、逃げるようにして病院をあとにした。それからすぐに、平沢医院は閉院したそうだ。

そして園田は、アヤカの右腕と一緒に暮らした。

「俺にはそれだけで十分だったんだ。アヤカの右腕がそばにあるだけで」

園田は怒りに満ちた目で、ぼくたちを見上げた。

「でも、あいつは違った」

半年ほど経ったとき、小池が殺された。小池はアヤカの左足を持っていた。もしそれが見つかれば、すべてが明るみに出てしまう。園田は何よりもアヤカの腕を奪われることを恐れた。

しかし何度も訪ねてきた警察から、その話が出ることはなかった。

やがて園田は思った。誰かがアヤカの左足を奪った。アヤカのために、小池は殺されたのだと。

そのすぐあと、垣原から電話があった。アヤカを狙っているやつがいる。篠宮の部屋で相談しよう。そう言われて、園田は篠宮のマンションへ行った。

部屋に入ると、篠宮は死んでいた。

園田は背後から頭を殴られ気を失った。意識を取り戻したとき鍵がないのに気づき、慌てて部屋へ戻ると、もうアヤカの腕はなくなっていた。

篠宮の部屋から出てくるところを隣人に見られた園田は、警察に調べられることを恐れすぐに逃げたそうだ。

「俺じゃない、全部あいつがやったんだ」

園田は床にうずくまり、

「俺のアヤカを返せ」

と言いながら泣き続けた。

村井さんと園田を残し、ぼくたちはビルを出た。駐車場にある車に乗り込んだあとも、キイチさんとマキさんはしばらく何も言わなかった。

「どういうことでしょう」

後部座席からそう尋ねるとキイチさんは重いため息をつき、

「おそらく、見たものの心を奪う能力だ。その代償として、動くことも話すこともできない。それがアヤカだ」

と静かに答えた。

2

路地に止めた車から降りてマンションを見上げていると、キイチさんはぼくの肩を軽く叩いた。

「行くぞ」

ぼくはうなずいて、階段へ向かう二人のあとを追った。

三〇八号室の前に立ち、キイチさんがインターホンを押した。応答はなく、出てくる気配もなかった。

「いないんですかね」

二人が顔を見合わせる。

「瞬、お前はしばらくどこかに――」

キイチさんがそう言いかけたとき、ドアノブに手をかけていたマキさんがゆっくりとそれを引いた。

鍵はかかっていなかった。

キイチさんはドアの隙間から中の様子をうかがった。

「垣原さん、ちょっとお聞きしたいことがあるんですが」

返事はなかった。

ドアを開け、二人は靴を履いたまま部屋に入って行った。ぼくはそのあとを静かに追った。

マキさんが壁のスイッチを探し明かりをつける。以前見たときと同じように、部屋はきれいに整理されていた。

キッチンには小さいテーブルと、向かい合った木製の椅子が置かれていた。奥のリビングには簡素なベッドがあり、本棚には医学書や専門書が並んでいた。

「瞬はそこにいろ」

キイチさんが小声で言う。

「はい」

二人は押入れやベランダを慎重に見ていった。

ぼくはキッチンに立ち周囲を見回した。上下に分かれた片開きの冷凍庫が、低く唸るようにモーターを回転させていた。一人暮らしの部屋には不釣合いなほど大きな業務用の冷凍庫だ。

何が入っているのだろう——。そっと手を伸ばし上の扉に指をかける。

ほんの少し力を入れてそれを引いたとき、

「待て、瞬」

というキイチさんの声が聞こえた。

驚いて一瞬キイチさんに顔を向けたあと、すぐに冷気の流れ出す扉のほうへ視線を戻した。

包丁を握りしめた垣原が、中で震えながら笑っていた。垣原は奇声を上げながら飛び出し、手にした包丁を振り下ろした。

恐怖が感覚を奪い、金縛りにあったように体が動かなかった。心臓が激しく鳴り、全身が脈打った。振り下ろされる包丁だけが、やけにはっきりと目に映った。

何もできず反射的にただ身をすくませたとき、突然何かが視界をおおった。

やわらかい髪が顔にかかり、耳元でかすかにうめく声がした。両肩に乗った手に力が入るのが分かった。

ぼくを抱えるようにして、マキさんが立っていた。背中には垣原が振り下ろした包丁が刺さっていた。

「……マキさん」

肩にある手から力が抜けていくのが分かり、倒れそうになるマキさんの体をとっさに支えた。

肩越しに充血した目を見開き、凍えた青白い顔で笑っている垣原が見えた。よろけて椅子にもたれかかると、垣原の顔からすっと笑みが消えた。

「触るなよ、アヤカの席だぞ」

血にまみれた手が伸びてくる。

「お前も死ね」

そう言ってマキさんの背中から包丁を抜こうとした垣原が、突然ドアのあたりまで吹っ飛んだ。

キイチさんがそれを大股で追って行くのが見えた。

床に両手をついた垣原をキイチさんが蹴り上げる。みぞおちの辺りを押さえ、垣原はうめきながら胃の中のものを吐き出した。

キイチさんは胸ぐらを摑み、握りしめた拳で垣原を殴りつけた。叩きつけられた小動物のような声を上げながら、垣原が両腕で顔をおおう。キイチさんはかまわずに、その腕の上から殴り続けた。

腕の色がみるみる変わっていくのが分かった。やがて垣原の腕が少しずつ開くと、その隙間から拳が顔をとらえていった。

さえぎるものが何もなくなった垣原の顔を、キイチさんは無言で殴り続けた。垣原は怯えた目でキイチさんを見上げていた。鼻からあふれ出した血が首元まで染めていた。

次第に焦点が合わなくなり、垣原の腕がだらっと床に落ちた。

それでもキイチさんは止めなかった。

雨がコンクリートを打つ音に混じって、骨の当たる鈍い音が部屋に響いた。

「……キイチさん？」

声は届いていなかった。

キイチさんは表情のない顔で、機械のように何度も腕を振り下ろした。そんなキイチさんを見たのは初めてだった。

垣原は、もう声すら上げなかった。

「止めてください、死んじゃいますよ」

背中に冷たい汗が流れた。――キイチさんは垣原を殺すつもりだ。

「キイチさん、止めてください！」

何もできず息をのんでただそれを見ていたとき、

「キイチ！」

とマキさんが声を上げた。

腕が止まった。

「もういいから」

ぼくの肩にもたれながら、マキさんがかすれた声で言う。キイチさんはゆっくりと顔を向けた。

「大丈夫だから、もう止めて」

手が離れ、垣原の体はゴトッと床に落ちた。キイチさんは放心したように足元の垣原を見下ろした。

やがてキイチさんの顔に、ようやく表情が戻る。

「……そうか」

キイチさんは小さく呟いた。

冷気が流れ出す開いたままの冷凍庫を見ると、中には切断された真っ白い手足が四つ入っていた。

3

マキさんを乗せた救急車がサイレンを鳴らしながら雨の中を走り去って行った。マンションの前にはパトカーが集まり、人だかりができていた。

「どうする、瞬」

遠ざかる救急車に目を向けたまま、キイチさんが言う。

「もちろん行きます」

すべての答えは、あの病院にある。

キイチさんはぼくの肩にぽんと手を乗せた。ぼくたちは事務所へ戻り、夜が明けるのを待った。

窓の外が白み始めたとき、

「そろそろ行くか」

とキイチさんが立ち上がった。

「はい」

一睡もできないまま、ぼくはソファから体を起こした。

「持っておくか？」

キイチさんが腰の辺りから銃を出す。

「いいえ、ぼくはいいです」

「気をつけろよ」

ぼくはうなずいた。弾倉を確認しキイチさんが銃をしまおうとしたとき、事務所のドアが開いた。

マキさんだった。

「大丈夫なんですか！」

思わず声を上げると、マキさんはいつもの冷たい視線を向けた。

「大丈夫なはずないでしょ」

マキさんはぼくのせいで背中を二十針縫い、二リットルの輸血をし、象が倒れるくらいの麻酔を打ったと恩着せがましく言った。

そんなわけがない。象が倒れるくらいの麻酔って何だよと思ったが、そんなことは言えなかった。

「病院に戻れ」

「じゃあ退院するまで待っててくれるの？」

「ふざけるな。たまには言うことを聞け」

しかしキイチさんがいくら言っても、マキさんは聞かなかった。連れていかなければ車のタイヤをぜんぶ打ち抜くとまで言い張った。

やがてキイチさんは苦虫をかみ続けていたら味がなくなってきたという顔で、

「しょうがねえな」

と渋々言った。

事務所を出て車に乗ると、マキさんはぎこちない動きで助手席から顔を向けた。

「今回のは貸しにしておくから」

ラーメンの分はすっかり帳消しになっているようだ。

高速道路を走り続けるあいだ、ぼくはずっと考えていた。

アヤカは本当に存在するのだろうか。

もしあのとき別棟に入っていなければ、園田も垣原も普通の生活を当たり前のように続けていたのだろうか。

高速道路を下りてしばらくすると、開け始めた景色の先に平沢医院が見えた。木々に囲まれた病院の前で、キイチさんは車を止めた。

門は開いていた。

車を降り建物に沿って裏へ回る。そこにはあの別棟があった。

静まり返った敷地内を通り、院長の家に通じる緩やかな坂道へ向かった。ずっと見られているような気がして、ぼくは何度も病院の窓を振り返った。

ドアの前に立ち、キイチさんはインターホンを押した。

「開いています。どうぞ二階へ」

通話口から院長の声がして、ぼくたちは家に入った。

玄関には履き込まれた革靴とゴム製のサンダルが置かれていた。靴箱や階段の手すりには、薄っすらと埃が積もっていた。

二階へ上がり短い廊下を通って奥の部屋に入ると、院長が窓辺に立ち坂の下にある病院を見下ろしていた。

「もう、すべて知っているようですね」

「ええ、園田から話は聞きました」

キイチさんが答えると、院長はゆっくりと振り返った。

「垣原もいま警察にいます」

「そうですか」

院長は穏やかに微笑んだ。

「わたしたちは人が入ってはいけない場所に、土足のまま踏み入れてしまったのかもしれません」

口の中で飴《あめ》のようなものを転がしながら言う。

「すべてわたしの責任です。彼らに罪はない。あるとすれば、それは誰もが持つ人の業です」

院長は窓の外に視線を移した。

「二年ほど前、わたしは検査のために知人のいる病院を訪ねました。自分でも薄々は気づいていましたが、やはり癌でした」

窓の向こうには、今にも雨が降り出しそうな雲が広がっていた。

「その帰り道に、ガードレールにぶつかった車を発見しました。運転席の男は、もう死んでいました。慌てて電話をかけようとしたとき、後部座席にいる女性が目に入ったんです。目を開けたまま何も言わず横たわっている彼女を見たとたん、電話を持った手が止まりました」

院長は深いため息をついた。

「それを抑えることはできませんでした。わたしは彼女を自分の車に乗せ、中にあった車椅子を積んでその場から走り去った。そのあと別荘であった事件のニュースを聞き、すぐに分かりました。すべてが彼女によって起こったものだと。彼女には人を狂わせるほどの不思議な力がある」

院長が顔を向ける。

「にわかには信じられませんが、そうとしか考えられない」

キイチさんは小さくうなずいた。

「わたしもすっかりその虜《とりこ》になっていた。彼女が所持していたものはすべて焼きました。そのとき、アヤカという名を知りました」

「それで別棟にアヤカを」

キイチさんが言う。

「ええ、あそこで彼女と過ごす日々は、とても幸せでした」

院長は遠い目で微笑んだ。

そして一年が経ったころ、あの事件が起きたそうだ。外出から戻ると、別棟の鍵が開いていた。中ではあの別荘と同じことが起こっていた。院長はアヤカの体を分けることを提案し、病院を閉じた。

「それでもいつかきっと、また同じことが繰り返されるでしょう。だからわたしは、アヤカを神にした」

「神？」

キイチさんが眉を寄せる。院長はうなずいて病院を見下ろした。

「彼女を神にすることで、誰か一人のものではなく多くの人が共有する存在に変えたのです。そうするしかありませんでした」

院長はやせ細った手で窓を開けた。

「目にしただけで、人々はすぐに彼女を崇めました。その数はいまも増え続けています。事態が大きくなることを恐れ、ずっとこの病院でひそかに行っていたのですが、わたしの手には負えないほどになってしまった」

湿った風が部屋の中を舞う。

「わたしはもう長くは生きられません。わたしがいなくなれば、枷《かせ》をなくした人々がアヤカを神とした世界をつくるでしょう」

院長はポケットから鍵束を取り出した。

「わたしにはもう、アヤカにとって何が幸せなのか分かりません」

差し出された鍵束を、キイチさんが受け取った。

「今日は信徒たちが集まる日です。もうその準備が始まっているでしょう。私が言うのもなんですが、アヤカを救ってやって下さい」

院長が悲しげに微笑んだとき、口から白いものがこぼれ落ちた。

飴だと思っていたものは、人の歯だった。

院長は腰をかがめて拾い上げると、

「アヤカのです」

と言ってそれをまた口に含んだ。

家を出て二階の窓を見上げると、院長は口の中でアヤカの歯を転がしながら、病院のほうをぼんやりと眺めていた。

院長を責める気にはなれなかった。ぼくはただ重い気持ちを引きずるようにして、病院へ続く坂を下りて行った。

別棟の前まで行くと、入り口の横に立っている小柄な女性が頭を下げた。

看護師の谷本景子だった。

「すべて知っていたんですね」

キイチさんが言うと、彼女はうなずいた。

「事件があった日、わたしも病院にいました」

「あなたもアヤカに会ったんですか」

「いいえ、アヤカさんには一度も会っていません。院長がわたしを巻き込みたくないと言って」

「そうですか」

キイチさんは目を伏せた。

「もしかしてあなたは、事件の前から気づいていたのでは？」

マキさんが言う。

「何かあることは分かっていました。別棟を使いだしたころから、様子が変わりましたから。わたしたちをおいて、まるで一人だけ夢の中にでもいるように」

彼女は坂の向こうを遠い目で見上げながら、

「長いこと、院長を見てきましたから」

と小さく微笑んだ。

彼女の笑顔はとても優しく、そして悲しそうだった。キイチさんは何も言わず頭を下げ、彼女の横を通って別棟の鍵を開けた。

4

中に入ると、廊下の両側に並んだドアから数人の女性が顔を出した。

前にアパートの近くや駐車場で見たのと同じ、法衣のような黒い布をまとっていた。

おそらくアヤカの身の回りの世話をしている信徒たちだろう。

「部屋に戻って」

マキさんが銃を構えると、女性たちは慌てて顔を引っ込めた。

突き当たりにある部屋の前まで来ると、キイチさんは銃を出してゆっくりとドアを開けた。

部屋にはベッドも椅子もなかった。奥の壁に沿って、周囲を花で飾った高さ二十センチほどの台座が置かれている。入り口から台座までは、赤い絨毯が敷かれていた。

台座の上の車椅子に、法衣をまとった女性が座っていた。

――彼女が、アヤカだ。

フードをかぶり口元だけしか見えなかった。キイチさんとマキさんがゆっくりと近づいて行くのを、息をのんで見つめた。

キイチさんが台座に上りフードに手を伸ばそうとしたとき、突然アヤカが体を震わせながらうめき声を上げた。

驚いたキイチさんは、台座から足を踏み外して床に転げ落ちた。

アヤカはもがくように車椅子の上で体を揺らしながら、悲痛な声でうめき続けた。

「……して」

かすかに声が聞こえた。

「殺して……」

しぼり出すようにアヤカが言った。

「もう何も見たくない。何も聞きたくない。お願い、……殺して」

口元を涙が伝うのが見えた。

彼女はすべて分かっていたのだ。目の前で何が起こっているのかを。動くことも話すこともできないまま、ずっとそれを見続けてきたのだ。

「大丈夫ですから！」

ぼくは思わず声を上げた。視界の隅でキイチさんとマキさんがこちらに顔を向けるのが見えた。ぼくの足は自然と台座へ向かっていた。

彼女は驚いたように、ふと顔を上げた。目元がわずかに見えた。車椅子の横にしゃがみ、ぼくは笑顔を向けた。

上手く笑えていないのは自分でも分かっていた。それでもよかった。

「もう、大丈夫ですから」

手足があるはずの場所には、ただ布がたわんでいるだけだった。車椅子の肘掛けにそっと手を置くと、フードの奥で彼女がその手を見つめているのが分かった。流れ続けていた涙が次第に止まった。

彼女が顔を向け、ぼくはまたぎこちなく微笑んだ。やがて戸惑うように震えていた小さな唇が薄く開き、かすれた声で彼女が何か言った。

「え？」

ぼくは彼女を見つめた。フードの中から小さな息づかいが聞こえた。彼女はもう一度、静かに唇を開いた。

そのとき、銃声が鳴った。

彼女の頭が大きく揺れ、背後の壁に血が飛び散った。一瞬のけぞった体がゆっくりと傾き、車椅子から落ちる。

法衣にくるまれた人形のように、彼女は台座の上を転がった。広がった血が足元を染め、呆然としたままぼくは視線を上げた。

ドアの前には、百瀬が立っていた。

真っ直ぐに構えた銃から、硝煙が上がっていた。マキさんがとっさに銃を向ける。百瀬は引きつれた顔に薄い笑みを浮かべ、肩をすくめながら銃を下ろした。

「どうしたマキ、撃ってもいいんだぜ」

そう言って額を指で叩く。

「お前なら俺よりも正確に眉間を打ち抜けるだろ」

マキさんは顔を歪めて百瀬を睨んだ。キイチさんの手がそっと銃に乗り、マキさんはようやくそれを下ろした。

「お前の狙いはこれだったのか」

キイチさんが静かに言う。

「まあ、そういうことだ」

百瀬は銃をしまいながら答えた。

「この一連の事件に能力者が関わっていることは、上も薄々分かっていた。俺が依頼されたのは、その能力者の暗殺だ。ただ相手がどんな能力を持っているのかも分からない。お前らの調査は、ぜんぶ俺をここへ導くためのものだ」

「……なるほどな」

キイチさんは顔をしかめ、「安永か」と言って舌打ちした。

「瞬の能力を利用したってわけか」

「お前らを追っているうちに、アヤカの能力はある程度予想がついた。下手に近づけば、こっちが取り込まれる。だからずっと待ってたんだ、このときをな。無理矢理そいつを引っ張ってきてもよかったんだが、どこかのバカが暴れだすとも限らないからな」

ぼくはずっと、床に倒れている彼女を見つめていた。

フードの中にあったのは恐ろしい化け物の顔ではなく、大きな目をした優しそうな女性の顔だった。

「……殺すこと、ないでしょう」

百瀬が冷たい視線を向ける。

「何か言ったか？」

ぼくは顔を上げて百瀬を睨んだ。

「殺すことないでしょう！」

百瀬は鼻で笑った。

「じゃあ、お前に何ができた」

首を鳴らしながら、百瀬は天井を見上げた。

「お前が一生そいつのそばにいてやれたのか」

やがて百瀬は視線を落とし、片方の目でじっとぼくを睨んだ。

「お前の人生のすべてをかけて、そいつを守ってやれたのかって聞いてんだよ」

何も答えられなかった。

「甘いこと言ってんじゃねえぞ」

百瀬は低い声で言った。

「その覚悟がないなら、これ以上そいつに地獄を見させる権利はお前にない」

何も言い返せないことが悔しかった。ぼくは俯いたまま、台座の上に広がるアヤカの血を見つめた。

「おいキイチ、そいつをしっかり教育しとけ。でないと真っ先に殺られちまうぞ」

「どういうことだ」

「ピギー全員に灰野の暗殺命令が出た。向こうも本気でかかってくるだろう。いずれ超能力戦争なんてものが起こったときは、そのお坊ちゃんが救世主になるかもしれないからな」

百瀬は嘲るように言った。

「ただ覚えておけ。もしそいつの存在が邪魔になったとき、俺は迷わずにそいつを殺す」

キイチさんが百瀬を見据える。

「お前も覚えておけ。この二人に手出ししたときは、俺がお前を殺す」

百瀬は歪んだ笑みを浮かべ、部屋を出て行った。

ドアの外には黒衣をまとった人たちが集まっていた。やがてその黒い群れがゆっくりと部屋を埋めていった。

彼らは戸惑った様子で台座に倒れているアヤカを見下ろした。

「彼女が死んで、その能力が消えたのよ」

マキさんが言った。

「これでようやく、彼女も解放されるわね」

群れのあいだをぬって部屋を出ようとしたとき、アヤカの近くにいた男が突然ひざまずいた。

「アヤカ様が天に還られた」

その声を合図に、周囲にいた人たちが次々と彼女の前にかがみ込んだ。

「アヤカ様！」

彼らは横たわった彼女の体に触れ、流れ出している血を全身に塗った。押し寄せた黒い塊で、彼女の姿はもう見えなくなっていた。

「どういうこと？」

マキさんが驚いた様子で尋ねる。キイチさんは小さくため息をついた。

「ずっと心の支えにしてきたものを、いまさら捨てることができないんだろう」

黒い群集に囲まれた祭壇を、キイチさんは悲しそうに見つめた。

「これでアヤカは、本当に神になったってことだ」

彼女の名が渦のように響く中を抜け、ぼくたちは建物を出た。

濁った雲が空を覆っていた。谷本景子の姿はもうなかった。

門の前で振り返り、病院を見上げる。どこにでもある普通の病院だった。木々が風に揺れ葉を鳴らしていた。ぽつぽつと雨が降り始めた。

彼女が最後に言いかけた言葉は、見つからないままだった。

5

学校と事務所とアパートをぐるぐる周っているうちに、いつの間にか梅雨が明けていた。青い空に入道雲が浮かんでいる。初めての東京の夏はじっとりと重く、そして騒がしかった。

浮き足立ったような街の騒音に混じって、どこかから蟬《せみ》の声が聞こえてくる。ぼくは額の汗をぬぐい、自転車をこいで事務所へ向かった。

咲也さんは無事だった。きっと分厚い肉のカーテンのおかげだろう。医者には刺された傷ではなく、生活習慣病で死ぬと真顔で言われたそうだ。

それ以来お菓子やカップラーメンを野菜に替え、ときどき事務所に来ては変な体操をしてマキさんに文句を言われている。

村井さんの話によると、安永が病院に着いたときにはもうアヤカの遺体も信徒たちの姿もなかったそうだ。院長宅の裏庭からは職員だった青木の遺体が発見された。

取り調べの最中、垣原は突然人が変わったように怯えだし、犯した罪を泣きながら悔いたという。

それはちょうどアヤカが殺されたのと同じころだった。

園田は殺人の共犯ということで逮捕され、表向きの事件は終わった。二人はいま精神鑑定を受けているそうだ。しかしテレビや新聞で騒がれたニュースの中に、アヤカの名前は一度も出てこなかった。

彼女は内田亜矢香《うちだあやか》という、ごく普通の女性だった。

四年前に突然行方不明になり、捜索願が出されていた。両親は何も知らないまま、いまでも娘の帰りを待っているのだろう。

ぼくたちはずっと安永の手のひらの上で転がされていただけだったとキイチさんは言った。

今度会ったとき安永は地獄を見ることになる、とマキさんは般若のような顔で笑った。それを聞いていたのか、あれ以来安永は姿を見せていない。

数日前、事務所の前にスモークガラスの白い外車が止まっていた。何事かと思って近づくと、後部座席の窓からヒナギさんが顔を出した。運転席には藤巻さんがいた。

「終わったみたいだな」

薄いガラスのようなヒナギさんは、陽射しに目を細めながら言った。

「はい、……たぶん」

ヒナギさんはふっと笑い、手にしたワインボトルを見せた。

「また来い。今度は表からな。そのときこれを飲ませてやるよ。キイチは連れてこなくてもいいぞ」

おそるおそる値段を聞くと、「お前の給料の一年分くらいだな」とあっさり答えた。

ワインの味などまったく分からないぼくがそんな高価なものを飲んでいいのだろうかと思いながら、静かに走り去る車を苦い顔で見送った。

君鳥さんの店でその話をすると、君鳥さんとニナはすっかり行く気になってはしゃいでいた。

珍しくビールを飲んでいたマキさんがふと、

「垣原たちが見つけた別棟の鍵って、本当に院長が落としたのかしらね」

と浮かない顔で言った。

キイチさんは薄暗い天井を見上げながら、タバコの煙をゆっくりと吐いた。

「谷本景子がやったとでも言いたいのか」

「別に」

ぼくは驚いて隣にいた村井さんと顔を見合わせた。

院長は自殺した。おそらくぼくたちが家を出たすぐあとだろう。ナイフで首を切ったそうだ。床に倒れた院長のそばには、同じナイフで胸を突いた谷本景子の遺体があったという。

村井さんは小さくため息をつき、ウイスキーの入ったグラスを傾けた。

「女っていうのは、自分でも説明のつかないような行動をとっちまうときがあるんだよ」

氷を転がしながら、村井さんはグラスを見つめた。

「いいか瞬、それは例えるなら将棋の桂馬みたいなもんだ。『桂の高跳び歩の餌食《えじき》』って言ってな、盤上をペガサスのごとく跳ね回る桂馬も――」

途中からもう聞いていなかった。

あの鍵は本当にただ院長が落としただけなのか、それとも谷本景子がやったのか。それはもう誰にも分からない。ただどちらにしろ、いずれは同じようなことが起きてしまったのかもしれない。

灰野の行方は分からないままだった。事件のあと組織からも十数人が姿を消したそうだ。彼らの言う新しい世界の創造が、どこかでひっそりと始まっているのだ。

自転車を駐車場の隅に止め、汗で張り付いたTシャツに風を入れながら階段を上がる。事務所には誰もいなかった。

リュックを置き、いつものように冷蔵庫からペットボトルのお茶を出してソファに腰を下ろした。

遠くで鳴いている蟬の声を聞きながら、ぼんやりと窓の外を眺めた。

あのとき百瀬が言ったことを、ぼくはときどき思い出す。いまでも百瀬が正しかったとは思っていない。ただその答えは分からないままだった。

村井さんはこう言った。

「人は神にはなれない。すべての答えを知ろうとすれば、その報いを受ける。灰野は灰野の、百瀬は百瀬の、そして瞬は瞬の目でしか世界を見ることはできないんだからな」

まあ村井さんの言うことだから、そんなに深い意味はないのだろう。村井さんは「ユリゲたな、瞬」と言い、遠い目で微笑んでいた。

それからこれは誰にも話していないことだが、事件が終わったあとぼくは奇妙な老人に出会った。

いつものように事務所からアパートへ帰る途中、雨上がりの裏道で突然「町田君だね」と声をかけられた。

振り返ると、杖をついた八十歳くらいの老人が立っていた。

「はい」

そう答えると、老人はにっこりと笑った。

「少しいいかな」

ぼくたちは狭い公園に入り、ベンチに腰を下ろした。

「今回のことで、君にはいやな思いをさせたな」

「えっ」

ぼくは驚いて老人を見た。

「アヤカのことは、俺たちもどうにか救ってやりたかったんだが」

「どうしてそれを」

老人は周囲を見回した。

「誰にも言うなよ」

ぼくは小さくうなずいた。老人は耳元に顔を寄せ、

「俺は、最高幹部の一人だ」

と小声で言った。

おそらく間の抜けた顔をしていたのだろう。老人はベンチで背中を丸めたまま、ふっと笑った。

「こういう立場にいるといつも考える。本当にこれでいいのか。別の方法があるんじゃないか。それでも決断しなきゃならない。どれが正しいのかなんて、自分でも分からないのにな。だからその責任は、一生負い続けなきゃならない」

老人は空を見上げた。

「俺たちだって、ただの人間だ」

やがて老人は視線をぼくに移した。

「君は危険であると同時に、希望でもある。いまだに最高幹部のあいだでは、君をどうするか意見が分かれてる。でも俺は、その希望にかけたい」

そう言って、老人はポケットから携帯電話を出した。

「君の番号は？」

「え、ああ、はい」

番号を告げると、老人はぼくの携帯を一度鳴らした。

「それが俺の番号だ。知ってるやつはほとんどいないぞ」

老人は携帯をポケットにしまった。

「君にプレゼントがある」

「プレゼント？」

老人はうなずいた。

「俺は時間を操ることができる」

「……は？」

ぼくはきょとんとしながら老人を見つめた。

「それって、時間を止めたり戻したりってことですか」

「そうだ」

ついに、最強キャラの登場か。……いやいや、そんなことあるはずがない。

「ただ時間を一分操るのに、代償としておよそ俺の一年を使う」

「どういうことですか」

「時間を一分止めたり戻したりするたびに、俺は一年ずつ年をとる」

「まさか」

あからさまに疑いの目を向ける。

「こう見えても、俺はまだ五十二だ」

……ぼくの父親より若い。もしかしてこの人は、ただの頭がおかしいじいさんなのではないだろうか。

「俺が時間を操れるのは、せいぜいあと六分といったところだ」

老人は小さくため息をついた。

「そのうちの二分を、君にやろう」

「はあ……」

「何かあったときは、さっきの番号に電話するといい。俺が時間を二分だけ戻す」

さっきからこの人は何を言っているのだ。

「でも時間が戻ったところで、それにぼくが気づかなければ同じことを繰り返すだけですよね」

嘘だと思いながらもぼくは尋ねた。

「ほう、思ったより賢いな」

それはどういうことだ。

「君はその番号に電話して、そのとき何が起こったのかを話すんだ。素早く、簡潔にな」

「はあ」

「そのあと俺は時間を戻し、君に電話してどうすればいいのかを伝える」

ぼくは携帯と老人を交互に見た。電話で状況を伝えて、時間が戻って、電話がかかってきて……。

あれこれと考えていると、老人が杖をつきゆっくりと立ち上がった。

「じゃあ、元気でな。次にその番号から電話がかかってきたときは、時間が戻ったときだぞ」

そう言って老人は、軽く手を上げ公園を出て行った。

とりあえずその番号を、『変なおじいさん』として登録した。着信のあった携帯をぼんやりと眺めながらあらためて思った。

やっぱりぼくは、だまされているのではと。

ようやく陽が傾き、長い影が部屋を覆い始めたとき、事務所の電話が鳴った。

「はい、超現象調査機構です」

「瞬、とうとうサイキックウォーズが始まったぞ」

不機嫌そうなキイチさんの声がした。

「は？」

「超能力戦争だよ、いいから早く来い」

「いまどこですか？」

「スカイツリーの下だ。早く来ないと倒れちまうぞ」

ぼくは窓の向こうに小さく見えるスカイツリーに目をやった。

「普通に立ってますよ」

「村井さんとマキが支えてるからな」

絶対に嘘だ。

「とにかくすぐに来い、こっちは頭が痛えんだ」

「一人でですか？　地下鉄乗るの初めてなんですけど……」

「ニナもいるぞ」

「すぐ行きます」

電話を切ると急いでまたリュックを持ち事務所を出た。ポケットから出した鍵をがちゃがちゃと鍵穴に差し込んでいたとき、ぼくはふと思い出した。

「――何だ、そういうことか」

今日はぼくの誕生日だった。

「普通に誘えばいいのに」

にやけそうになるのを必死でこらえながら、ぼくは鍵を閉めて階段をかけ下りた。

ビルを出ると、さっきまで青かった空がオレンジ色に染まっていた。熱を帯びた重い空気は、夜の匂いがする乾いた風にゆっくりと流されていった。

とうとうぼくは、何かが浮いたり消えたり壊れたりするところを目にすることは一度もなかった。誰かがスプーンを曲げるところですら見ていない。

いまさら言うのもなんだが、本当に超能力はあるのだろうか。

ただ、もしいままでのことはぜんぶ嘘で超能力など誰も持っていなかったとしても、きっと苦い顔で笑いながら許してしまうだろう。ぼくにとってはその程度のことだ。

それより問題なのはツイてないぼくが、何事もなくスカイツリーまでたどり着けるかどうかだ。

刊行にあたり、第15回『このミステリーがすごい！』大賞応募作品
「愚者のスプーンは曲がる」に加筆修正しました。
この物語はフィクションです。作中に同一の名称があった場合でも、
実在する人物、団体等とは一切関係ありません。

〈解説〉
超能力がテーマなのに、超能力が全く描かれないサイキック・ミステリー

北原尚彦（作家・翻訳家）

一九七〇年代、我が国では一大オカルトブームが巻き起こりました。ノストラダムスの大予言。空飛ぶ円盤UFO。コックリさん。ツチノコ。そして超能力。この頃の超能力ブームの象徴――それが「スプーン曲げ」でした。イスラエル人の超能力者ユリ・ゲラーも、日本人の清田《きよた》少年も、スプーン会社の手先かのごとくスプーンを曲げまくったものです。だから、『愚者のスプーンは曲がる』というタイトルは、本書が超能力の物語であることを如実に示しているのです。

しかし、そこからが問題です。本書は超能力がテーマのミステリーなのですが、超能力が使われるところは全く描かれません。つまり「超能力が出てこない超能力小説」なのです。そんなものがあるものか、と思われるかもしれませんが、正にこの本がそうなのですよ。一体どんなストーリーかと申しますと――。

大学生の町田瞬《まちだしゅん》は、彼のもとへ訪れた男女・キイチとマキによって殺されそうになる。だが何らかの理由により、ふたりは殺害を思いとどまった。やがて（キイチとマキを含め）世の中には超能力者が存在すること、超能力には代償があること、そして瞬はその超能力を無効化する力をもった超能力者であること、が明かされる。

代償も無効化できるため、瞬は殺されずに済んだ。その代わり、キイチとマキも所属する「超現象調査機構」の事務所で一緒に働くことになったのだ。

ある日、瞬が事務所で留守番をしていると、血塗《ちまみ》れの男が転がり込んでくる。彼は小さなプラスチック・プレートを「キイチに」と託すと同時に「アヤカには絶対に近づくな」と謎の言葉を残すと、絶命する。

男はなぜ死んだのか。キイチに託したものは何だったのか。そして「アヤカ」とは一体誰なのか。キイチとマキ、そして瞬が、調査を始める。次々に現われる、様々な超能力者たち。やがて明らかになる意外な事実とは……。

――お分かりいただけましたでしょうか。主人公・瞬の前では、全ての超能力がキャンセルされてしまうのです。ですから瞬の視点で物語が語られる限り、超能力は決して発現しないのです。瞬自身、超能力を見たことがありません。よって、キイチとマキらに説明されるまで、そんなものがあるとは思っていなかったのです。そして、自分は「ただの不運な男」だと思っていたのです。作中、超能力が発揮されることもありますが、それは常に瞬の「いないところ」で発生します。ですから、もしかしたら全てが瞬を騙《だま》すための壮大なイタズラの可能性だってあるのですよ。

冒頭、瞬のもとへ乱入してきたキイチとマキは、何も起こらないことに何やら感動しています。最初は読んでいて何のことやら分からないかもしれませんが、読み進めるうちに「何も起こらない」ことこそ重要なのだと分かってくるのです。

だから、強大な超能力者が出てきても、超能力バトルによる壁ズンとか空中戦とか都市壊滅とかそういうことにはなりません。主人公の瞬は表面上「バイトしながら下宿生活を送る地方出身の大学生」にしか見えないのです。

アクションらしいものは、ほぼ描かれません。ですがこの小説、実に面白いのです。わたし自身、笑いこけることしばしばでした。おそらく、作者は本能的に「小説の面白さ」を摑《つか》んでいるのでしょう。

キャラも立ちまくっています。超能力を消す超能力の持ち主であり、常に不運につきまとわれる主人公・瞬はもちろんのこと、脇キャラの「咲也《さくや》」なども、最高にいい味を出しています。咲也は「物に残った記憶を読み取る」能力の持ち主なのですが、それには身体の一部でその物体に触れなければならないのです。その場所とは……。これは本文を読んで、確かめて頂きましょう。

本作には、様々な力を持った超能力者が登場するので、主要な人物たちを改めて紹介しておきます。読み進める際、参考にして頂ければ幸いです。当然、途中から出てくる人物もいるのでご注意を。また、年齢は主人公による印象です（つまりまるで見当違いの可能性あり）。

町田瞬……主人公・語り手（ぼく）。一年浪人して入学したばかりの、大学一年生。「超能力をキャンセルする」能力を持つ。代償は「不運」。超現象調査機構アルバイト。

キイチ……三十前後の男性。背が高く短髪で、黒いスーツ姿が多い。「手を触れずに物を動かす」能力の持ち主。代償は「間断ない頭痛」。超現象調査機構メンバー。

マキ……二十代なかばの女性。細め色白の美人。「液体の温度を上げる」能力の持ち主。代償は「熱いものを口にできない」。超現象調査機構メンバー。

村井《むらい》……五十代の男性。オールバックにダブルのスーツ姿。「痛覚を操る」能力の持ち主で、拷問のプロ。代償は「味覚がない」。超現象調査機構の幹部。

百瀬《ももせ》……超現象調査機構の、殺し専門である「ピギー」一員。

内海《うつみ》……痩身・長髪の男性。「血を追う」能力の持ち主。超現象調査機構メンバーだったが事件を調査中に死亡。

君鳥《きみどり》……バー「コインロッカー（通称）」の店長。坊主頭にひげを生やし、タトゥーだらけの男。「毒が効かない」能力の持ち主。

ニナ……バー「コインロッカー（通称）」の店員。血管が透けて見えるほど肌が白い、若い女性。「物を透視する」能力の持ち主。代償は「笑わない」。

咲也……脂っぽい髪にTシャツ姿の太った男性（推定百キロ超）。「物に残った記憶を読み取る」能力の持ち主。代償は「食欲が止まらない」。超現象調査機構メンバー。

藤巻《ふじまき》……身長二メートル近い坊主頭の男性。「食べたものの材料が全て分かる」能力の持ち主。超現象調査機構の元メンバー。ヒナギの部下。

ヒナギ……髪もまつ毛も肌も白い、アルビノの男性。「写真や電話の向こうを見透す」能力の持ち主。代償は「アルコールを少しでも口にすると倒れる」。

――どうです、一癖も二癖もある、面白そうなキャラばかりでしょう。この連中がストーリーの中で動き回ると、またいい味を出すんですよ。

本作は第十五回『このミステリーがすごい！』大賞で、一次選考を通過して二次選考まで進んだ作品です。その際、一次選考で担当したのがわたくしでした。非常に面白く読み、自信満々で上へ上げたのですけれども、残念ながら最終選考には残りませんでした。「隠し玉」にぴったりなのにもったいないな……と思っていたら、やはり編集氏もそう感じたらしく、このように「隠し玉」として出版される運びとなり、意を強くしました。二次選考のコメントを読み返してみたら、千街《せんがい》晶之《あきゆき》氏も、茶木《ちゃき》則雄《のりお》氏も、本作は「隠し玉向きである」と書いているではありませんか。なんだ、やっぱり皆さんそう思っていたんですね。今回、解説執筆のために改めて読みましたが、二回目でもやはり面白い。しかも改稿されて、より読みやすくなっていました。

ミステリー・ファンとかＳＦファンとかに限定せず「ジャンルは何でもいい。とにかく面白い小説が読みたい」という方に、強くオススメしたいです。読み始めたらページをめくる手が止まらず、あっという間に読めます。巻を措《お》くあたわず、とはこのことです。

ちょっと気になるのは本作の舞台ですが、地方出身の大学生が下宿して……ということですから、東京であるのは間違いないでしょう。東京のどこかというと——作者によれば、池袋周辺のイメージで執筆したとのことでした。自身は下宿していなかったけれども、通学の経由地だったため、池袋ではバイトをしたり毎日のようにぶらぶらしたりしていたそうです。なるほど、池袋ならば大学もあるし、住宅街もあるし、繁華街もあるし、超現象調査機構の入っていそうな雑居ビルもあります。なので、これから読まれる方は池袋の風景を頭に浮かべて読むと、より感じがつかめるでしょう。

調べたところ、作者は東京創元社の第十三回「ミステリーズ！新人賞」にも応募し、二次選考へ進んでいました。受賞は逃しましたが（この回は受賞者なし）、作風的にはどう考えても『このミステリーがすごい！』大賞に向いていると思われます。……だが待てよ、よく考えてみるとまだ分かりません。本作はデビュー作なのです。もしかしたら、作者は周到に『このミステリーがすごい！』大賞の〝傾向と対策〟を分析し、本書を書いたのかもしれません。だとしたら、大した腕前ではありませんか。実に空恐ろしい。となると、気になるのは今後の作品です。第二作以降にも、大いに期待したいと思います。

二〇一七年二月

宝島社
文庫

愚者のスプーンは曲がる
（ぐしゃのすぷーんはまがる）

2017年4月20日　第1刷発行

著　者　桐山徹也
発行人　蓮見清一
発行所　株式会社 宝島社
〒102-8388　東京都千代田区一番町25番地
電話：営業 03(3234)4621／編集 03(3239)0599
http://tkj.jp
印刷・製本　中央精版印刷株式会社

ISBN 978-4-8002-6806-8